I0544525

UN PROTECTEUR POUR LES ENFANTS D'ALABAMA

UN PROTECTEUR POUR LES ENFANTS D'ALABAMA (FORCES TRÈS SPÉCIALES #11)

SUSAN STOKER

Ceci est une œuvre de fiction. Les noms, les personnages, les lieux et les événements sont le produit de l'imagination de l'auteur et sont utilisés à des fins narratives. Toute ressemblance avec des événements réels, des lieux ou des personnes vivantes ou ayant existé relèverait de la pure coïncidence.

Copyright © 2016 par Susan Stoker

Traduit de l'anglais (U.S.) par Angélique Olivia Moreau pour Valentin Translation

Titre original : *Protecting Alabama's Kids (SEAL of Protection, Book 11)*

Aucun extrait de cette publication ne saurait être utilisé, reproduit ou transmis sans le consentement écrit de l'éditeur, sauf dans le cas de brèves citations illustrant des critiques, comme la loi l'autorise.

Ce livre est disponible seulement pour votre usage personnel. Il ne pourra pas être revendu ou offert à d'autres personnes. Si vous voulez partager ce livre avec une autre personne, veuillez acheter un exemplaire supplémentaire pour chaque destinataire. Si vous lisez ce livre et ne l'avez ni acheté, ni emprunté, ou s'il n'a pas été acheté pour votre utilisation personnelle, veuillez vous procurer votre propre exemplaire.

Merci de respecter le travail de l'auteur.

Couverture par Chris Mackey, AURA Design Group

Fabriqué aux États-Unis

DU MÊME AUTEUR

Autres livres de Susan Stoker

Forces Très Spéciales Series

Un Protecteur Pour Caroline

Un Protecteur Pour Alabama

Un Protecteur Pour Fiona

Un Mari Pour Caroline

Un Protecteur Pour Summer

Un Protecteur Pour Cheyenne

Un Protecteur Pour Jessyka

Un Protecteur Pour Julie

Un Protecteur Pour Melody

Un Protecteur pour l'avenir

Un Protecteur Pour Les Enfants de Alabama

Un Protecteur Pour Kiera

Un Protecteur Pour Dakota

Forces Très Spéciales : L'Héritage

Un Sanctuaire pour Caite

Un Sanctuaire pour Brenae

Un Sanctuaire pour Sidney

Un Sanctuaire pour Piper

Un Sanctuaire pour Zoey

Un Sanctuaire pour Avery

Un Sanctuaire pour Kalee

Hawaï : Soldats d'élite

Un paradis pour Élodie (Apr 2021)

Un paradis pour Lexie (Aug 2021)

Un paradis pour Kenna (Oct 2021)

Un paradis pour Monica

Un paradis pour Carly

Un paradis pour Ashlyn

Un paradis pour Jodelle

Delta Force Heroes Series

Un héros pour Rayne

Un héros pour Emily

Un héros pour Harley

Un mari pour Emily

Un héros pour Kassie

Un héros pour Bryn

Un héros pour Casey

Un héros pour Wendy

Un héros pour Mary

Un héros pour Macie

Un héros pour Sadie

Mercenaires Rebelles

Un Défenseur pour Allye

Un Défenseur pour Chloé

Un Défenseur pour Morgan

Un Défenseur pour Harlow

Un Défenseur pour Everly

Un Défenseur pour Zara

Un Défenseur pour Raven

Ace Sécurité

Au Secours de Grace

Au Secours d'Alexis

Au Secours de Bailey

Au Secours de Felicity

Au Secours de Sarah

CHAPITRE UN

Brinique et Davisa Powers étaient recroquevillées dans le fort qu'elles avaient fabriqué dans leur chambre avec une couverture, et elles parlaient à voix basse afin que leurs parents ne les entendent pas.

— Je ne l'aime pas, déclara Davisa d'un ton revêche.

— Moi non plus, mais Maman et Papa ont dit qu'on était pareilles au début, contra Brinique.

La lèvre de Davisa trembla et de grosses larmes vinrent noyer ses grands yeux bruns. Puis elles lui échappèrent, laissant des traces sur son visage couleur cacao.

— Et s'ils décident qu'ils le préfèrent lui ?

Brinique prit sa petite sœur dans ses bras et se

balança d'avant en arrière. Elle l'avait protégée depuis qu'elle était née. Avant qu'elles ne soient retirées de leur maison, elle avait dû préserver Davisa contre les méchants messieurs que leur vraie mère invitait chez elles. Elles n'avaient alors que 3 et 4 ans, mais étonnamment, Brinique s'en souvenait parfaitement.

Christopher et Alabama Power les avaient recueillies, puis adoptées. Même s'ils lui avaient dit que ce n'était plus à elle de veiller sur sa petite sœur, Brinique ne pouvait pas s'arrêter du jour au lendemain. Physiquement, rien dans leur nouvelle vie ne pouvait les atteindre, mais émotionnellement, Davisa avait parfois du mal.

Brinique ne savait pas exactement ce que faisait Papa Abe dans la vie, mais c'était quelque chose de vraiment important. Lui et ses amis voyageaient tout autour du monde et empêchaient les méchants de faire du mal aux autres. Il appartenait aux forces spéciales, c'est-à-dire qu'il était une sorte de soldat dans l'armée. Brinique ne comprenait pas vraiment tout, mais elle savait qu'il devait être le meilleur soldat de tout l'univers. Quand il la tenait dans ses bras et qu'il lui disait à quel point il l'aimait, elle se sentait en sécurité, alors où qu'il aille, les gens devaient ressentir la même chose.

Les deux années qui avaient suivi leur adoption officielle avaient été géniales. Elle avait à présent 8 ans et était en CE1. Davisa avait un an de moins et avait intégré le CP. Elles étaient les deux enfants les plus âgées de leur classe, mais elles n'avaient pas commencé l'école et personne ne leur avait jamais lu des histoires avant que Christopher et Alabama les recueillent. Alors elles avaient redoublé une année pour pouvoir rattraper le niveau.

Plus tôt dans la semaine, Maman et Papa leur avaient dit qu'elles allaient avoir un frère. Cela avait été une surprise, d'autant plus qu'elles avaient appris que leur nouveau frère serait plus âgé qu'elles. Brinique aimait être l'aînée, et elle aimait encore davantage que Davisa et elle soient les deux seules enfants de la maison.

Cela faisait à présent quatre jours que Tommy se trouvait parmi eux, et la situation restait tendue. Brinique connaissait les sentiments de sa sœur parce qu'elles en avaient discuté l'autre soir... et elle ressentait exactement la même chose.

Tommy avait 10 ans. On l'avait retiré à son père parce que cet homme lui faisait des choses horribles. Le petit garçon était maigre, avec des cheveux sombres. Il n'avait pas apporté beaucoup de vêtements avec lui quand il était venu vivre avec eux, mais les amis d'Alabama s'en étaient rapidement occupés. Tommy ne parlait pas beaucoup aux adultes... mais en l'absence de Maman et de Papa, il disait beaucoup de trucs à Brinique et Davisa.

Il leur balançait qu'elles étaient laides et stupides, et que si l'une d'elles venait dans sa chambre, il « leur casserait la figure ».

— Pourquoi Maman et Papa l'ont amené ici ? C'est *notre* maison. Je ne l'aime pas. Il est méchant, renifla Davisa.

Brinique allait ouvrir la bouche pour répondre à sa sœur quand la couverture qui composait les parois du fort se déplaça, et Papa Abe jeta un œil à l'intérieur.

— J'ai le droit d'entrer ?

Sans avoir vraiment envie de parler à son père, Brinique hocha tout de même la tête. Dire non aurait été impoli et Papa était à cheval sur le respect, quelles que soient les circonstances. Elle se décala, lui donnant la place de se glisser dans le petit espace avec elles. La couverture retomba derrière lui, plongeant le trio dans la pénombre.

Brinique soupira quand Papa Abe passa ses bras musclés autour d'elle et de Davisa. Il sentait bon le savon et... Papa. Elle n'était pas disposée à se blottir contre lui comme elle faisait d'ordinaire, mais elle ne pouvait pas dénier qu'elle aimait qu'il la prenne dans ses bras.

— Je sais que vous ne comprenez pas tout, mais j'ai envie de vous raconter une histoire, dit Christopher Powers, alias « Abe », à ses filles d'un ton égal.

Brinique adorait les récits de son père, mais à en juger par son regard et sa voix sérieuse, elle devinait que celui-ci serait différent. Sa sœur hocha immédiatement la tête, mais elle tarda un peu, refusant de croiser le regard de son père.

— Il était une fois un petit garçon, commença Abe. Il vivait avec son père parce que sa mère était morte deux ans auparavant. Après la mort de sa mère, le père aussi était très triste, tellement triste qu'il ne se préoccupait plus de rien. Il aimait tant sa femme qu'il avait du mal à se lever le matin. Il ne faisait plus la lessive ou la vaisselle et oubliait presque toujours d'aller acheter de la nourriture au supermarché. Il n'allait pas travailler, parce qu'il était simplement trop triste.

» Le petit garçon aussi était triste, mais il devait aller à l'école. Il essayait de prendre soin de son père et de la maison, mais il avait votre âge, Brinique. C'était juste un enfant. Un jour, son papa lui a dit de faire son sac ; ils quittaient la maison. Ils ne pouvaient plus se permettre d'y vivre. Le garçon était confus et bouleversé parce qu'il n'avait pas pu emporter ses jouets et à peine quelques vêtements.

» Ils ont habité dans leur voiture pendant un moment. Ils dormaient dedans et trouvaient à manger dans des poubelles à l'arrière de restaurants. Enfin, ils ont été capables de s'installer dans une caravane, mais le papa du garçon n'arrêtait pas de boire et de s'injecter un drôle de liquide qu'il faisait fondre sur une cuillère. Le papa que connaissait autrefois le garçon avait disparu, et à sa place, il y avait un homme méchant qui lui criait toujours dessus et lui disait qu'il aurait aimé que le garçon ne soit pas là.

» D'autres gens méchants sont venus à la caravane, et le garçon se cachait dans sa chambre, affamé et craignant que quelqu'un ne vienne lui faire du mal. Vous voyez, les méchants qui venaient à la caravane lui avaient déjà fait du mal avant. Ils donnaient de l'argent à son père, puis ils entraient dans sa chambre pour lui faire du mal. Ça a duré pendant des mois. Puis un jour, après une nuit particulièrement terrible avec les méchants messieurs, un instituteur de son école a dit au principal que le garçon était blessé. La police est venue et ils l'ont emmené loin des gens méchants et de son père.

Brinique s'était tournée pour regarder son père

pendant qu'il parlait. La lumière était diffuse, mais elle pouvait voir son visage. Il semblait incroyablement triste. Elle ne voulait pas se sentir désolée pour le garçon de l'histoire, mais elle ne pouvait pas s'en empêcher. Elle ne se rappelait que trop bien ce qu'elle avait ressenti quand des gens méchants venaient dans son ancienne maison pour parler à sa maman.

— Est-ce que le papa était triste que son petit garçon ait mal ?

— Non, ma chérie, dit tristement Abe à sa fille. Ça ne lui a rien fait du tout. Quand la police a dit qu'ils l'emmenaient en prison, il n'a pas paru se préoccuper de son fils. Il a signé les papiers le jour même pour l'abandonner. Le garçon est passé en famille d'accueil, comme ta sœur et toi. Malheureusement, les choses méchantes que les gens lui avaient faites l'ont mis en colère et rendu triste en même temps. Il s'est construit un bouclier, pour se protéger et ne plus jamais être blessé. Il a peur et ne digère pas tout ce qui lui est arrivé, et je pense qu'il ne veut pas risquer d'aimer à nouveau qui que ce soit.

— C'est Tommy, n'est-ce pas ? s'enquit Brinique à son père d'une petite voix.

Il hocha solennellement la tête et serra Brinique contre lui avec affection.

— Je conçois que cela n'est pas facile pour vous. Il a mal et il a peur. Tout ce que je vous demande est de lui donner du temps. Soyez les sœurs géniales que je suis certain que vous êtes au fond de vous. Ne prenez pas ce qu'il dit personnellement. Vous savez que votre mère et moi, nous vous aimons. Vous êtes à nous. On vous a choisies *vous* parmi tous les enfants qu'on aurait pu avoir. Vous vous rappelez ?

Davisa hocha la tête et se déplaça pour venir s'asseoir sur les genoux de son père.

— Oui, vous nous avez choisies. Ça ne vous fait rien si on avait la peau violette ou les cheveux verts. Vous nous aimez pour ce qui est à l'intérieur de notre peau.

— C'est vrai, ma belle. Tommy a peut-être la peau blanche comme moi et Maman, mais ça ne veut pas dire qu'on vous aime moins et lui plus. C'est vrai que pour le moment, il est en colère et méchant, mais on sait qu'au fond de lui, il y a un petit garçon génial, un garçon protecteur et aimant... Il faut simplement qu'on lui donne le temps de le faire sortir. Vous vous rappelez comme vous aviez peur quand vous êtes arrivées ici ?

Brinique et Davisa hochèrent la tête en même temps, braquant de grands yeux sur leur père.

— Je ne mens pas : il ressent la même chose. Il a peur d'être envoyé dans une autre maison. Il a probablement peur que les méchants le retrouvent. Et je sais que son père et sa mère lui manquent. Alors on doit simplement lui donner du temps. S'il est insupportable avec vous, éloignez-vous et allez dans votre chambre, ou bien venez nous chercher, Maman ou moi. C'est compris ? C'est votre maison aussi, et vous méritez de vous sentir en sécurité ici tout autant que lui. Ce n'est pas bien d'être impoli, et je lui ai clairement dit qu'il ne doit pas ni vous dire ni vous faire des choses méchantes, mais je pense qu'il le fera quand même. Je vous aime. Plus que vous l'imaginez. Vous êtes mes princesses. À moi et à Maman. Bon… il est tard. Plus tôt vous irez vous coucher, plus vite un autre jour viendra. Vous voulez dormir dans votre fort ce soir ?

— On peut ? demanda Davisa, incrédule, sachant que leur père n'aimait pas quand elles dormaient sous les couvertures suspendues de façon précaire.

Il leur avait dit que cela présentait des risques pour leur sécurité… elle ne comprenait pas l'expression.

— Oui, ma belle. Pour ce soir, vous pouvez, confirma Abe en lui déposant un baiser sur le sommet du crâne.

Puis il les aida à traîner des coussins et des couvertures à travers la pièce jusqu'à l'intérieur du petit fort et Brinique le prit dans ses bras quand il se pencha pour lui souhaiter bonne nuit.

— Je suis désolée que des gens lui aient fait du mal, Papa.

— Moi aussi, ma belle. Moi aussi. Je t'aime. Dors bien.

Plus tard, Brinique tourna les yeux vers sa sœur. Davisa était profondément assoupie à ses côtés, mais elle-même ne parvenait pas à dormir. Elle ne cessait de penser à ce que son père avait dit à propos de Tommy.

On lui avait fait du mal. Elle ne savait pas quel genre, mais ça devait avoir été sérieux. Au moins, elle avait pu compter sur Davisa et inversement quand on les avait placées chez Maman et Papa. Cela avait été difficile et elles avaient mis beaucoup de temps avant de leur faire confiance. Mais Tommy n'avait personne pour le soutenir.

Elle ferma ses petits yeux et envoya un souhait fervent vers les étoiles.

— Tommy a besoin d'un ami. Il a besoin de quelqu'un à qui parler. J'ai Davisa, mais lui n'a personne. Il a besoin de quelqu'un qui le protégera des méchants. Pas forcément un enfant. Ça peut être un chat ou un chien… ou bien un ami imaginaire. Je veux être son amie, mais il ne m'aime pas. Je veux qu'il soit heureux. Qu'il apprécie Maman et Papa. Qu'il nous apprécie. Je vous en prie, envoyez quelqu'un pour qu'il arrête d'avoir mal.

Se sentant mieux, Brinique se détendit sous ses couvertures. Il y a longtemps, elle avait souhaité que quelqu'un protège Davisa, et la police était venue. Elle avait souhaité avoir une mère et un père, et Christopher et Alabama les avaient accueillies chez eux. Elle avait souhaité que Mme Noonkaster soit son institutrice cette année, et c'était arrivé aussi.

Alors elle était sûre que ce vœu-là deviendrait réalité à son tour.

Elle s'endormit en souriant, certaine que bientôt, Tommy aurait un nouvel ami.

Quelque part dans le monde, dans un endroit dont les humains ignoraient l'existence, résidaient les créatures que les adultes appelaient « des amis imaginaires ». Certaines avaient la forme d'animaux connus et appréciés des humains... des chiens, des chats, des lapins. D'autres prenaient l'apparence de gnomes ou de fées. D'autres encore ressemblaient aux enfants eux-mêmes.

Mais ce soir-là, la créature attribuée à Tommy après que le vœu de la petite Brinique fut parvenu à leur communauté reculée était le troll le plus laid de toute la contrée.

Gamjee avait conscience que c'était toujours lui qu'on choisissait en dernier pour les missions. La plupart du temps, cela ne le dérangeait pas. Il aimait rester seul. Il savait que sa tête difforme et son corps recouvert de fourrure faisaient peur aux enfants au lieu de les réconforter. Il n'était envoyé en mission que lorsqu'il n'y avait pas d'autre ami imaginaire disponible et seulement dans les cas les plus désespérés.

Quand la lumière au-dessus de son lit s'alluma, Gamjee poussa un soupir. Il venait à peine de fermer les yeux et il détestait qu'on le tire ainsi d'une bonne petite sieste. Soupirant toujours, il quitta son lit et s'habilla. Puis il ferma les paupières et, quelques secondes plus tard, il se matérialisa dans la salle du trône de leur roi.

— Roi Matuna, dit Gamjee d'un ton respectueux en inclinant la tête devant l'énorme créature qui ressemblait à un génie tiré d'un conte de fées pour les humains.

La partie inférieure de son corps n'était que de la fumée, tandis qu'il avait le torse d'un grand mâle humain. Son visage ressemblait à celui d'un humain, mais il arborait une immense crinière qui lui encerclait la figure et cascadait le long de son dos.

— Gamjee, tonna son roi. On t'envoie dans un endroit appelé Californie. Ta mission est auprès de Tommy. Il a du mal à s'acclimater à sa nouvelle maison, et il est impératif qu'il y parvienne. Le futur du pays dans lequel il réside dépend de toi.

Gamjee soupira. Il ne voulait pas d'une mission importante. Il voulait être affecté à un petit enfant qui avait peur du noir et avait besoin d'un compagnon le temps que cela lui passe.

Mais... on ne leur révélait jamais l'avenir des humains. Si le roi Matuna lui disait que ce petit Tommy était destiné à accomplir de grandes choses dans son monde, ce devait être très important.

— Oui, messire, dit Gamjee d'un ton respectueux.

— Non seulement sa vie est en danger, mais il se comporte mal. Et on sait tous les deux qu'un enfant méchant peut se transformer en adulte méchant, et ce n'est pas acceptable. Tu comprends ?

— Oui, messire, répéta Gamjee.

Mais à l'intérieur, il rageait. Il était fatigué et avait encore envie de dormir.

— Tu peux y aller, dit le roi.

Gamjee hocha la tête et ferma les paupières pour aller apparaître auprès de Tommy. Plus vite il aurait terminé sa mission, plus vite il pourrait faire sa sieste.

CHAPITRE DEUX

— Oh, qu'est-ce que c'est que *ça* ? s'exclama Davisa en s'accroupissant devant les buissons plantés dans le jardin de leur maison.

Brinique rejoignit l'endroit où sa sœur était agenouillée et elle écarta les branchages. Une paire de grands yeux noirs les regarda sans ciller.

On aurait dit un de ces nains en céramique que les gens mettaient dans leurs jardins, sauf que celui-ci était bien plus bizarre, et il faisait un peu peur.

— Laissez-moi voir, leur ordonna Tommy en poussant les deux fillettes qui tombèrent sur les fesses.

Sans penser qu'il leur avait peut-être fait mal et ne ressentant qu'une seconde de culpabilité, il jeta un œil à travers les branches.

— Bon sang, c'est vraiment moche, dit Tommy.

— C'est moi que tu traites de moche ?

Tommy cligna des paupières et regarda l'étrange petite créature, qui n'avait pas bougé. Il tourna brusquement la tête pour fusiller du regard Brinique et Davisa.

— Qu'est-ce que vous avez dit ?

— On n'a rien dit du tout, protesta Davisa.

— Si. Vous avez dit : « C'est moi que tu traites de moche ? »

— Non ! nia Davisa en se redressant et en mettant les poings sur les hanches.

— Alors qui ?

— C'est moi.

Les trois enfants tournèrent la tête vers les buissons.

La créature se contenta de les dévisager en clignant des paupières.

— Tu... tu parles ? demanda Tommy, visiblement ébranlé.

— Oui.

— Les statues ne peuvent pas parler, rétorqua Tommy.

— Eh bien alors c'est une bonne chose que je n'en sois pas une, n'est-ce pas ? dit la créature en se redressant et en émergeant lentement des broussailles.

— C'est une blague ? demanda Tommy en parcourant le jardin du regard comme s'il s'attendait à ce que quelqu'un bondisse de derrière une voiture avec une caméra en criant « poisson d'avril ».

— Ce n'est pas une blague, nia la créature en s'asseyant sur l'herbe. Je sais parler. Et *elles*, qui c'est ? s'enquit-il en indiquant Brinique et Davisa d'un geste du menton.

Brinique se trouvait toujours par terre là où elle avait atterri après s'être fait bousculer, et Davisa était debout près d'elle... et elles regardaient toutes les deux la créature sans bouger, bouche bée.

Tommy, qui ressentait le besoin de montrer son courage, dit d'un ton méprisant :

— C'est des filles. Elles sont faibles.

La créature jeta la tête en arrière et éclata de rire.

N'aimant pas qu'on se moque de lui, Tommy prit son élan pour donner un coup de pied au troll...

Mais son pied se retrouva immobilisé en plein mouvement, pile devant le petit être, comme si une poigne géante l'avait saisi.

Riant toujours, la petite chose laide dit :

— Ce serait malpoli de me donner un coup de pied, non ? Et je ris parce que d'abord, je connais des femmes géniales... qui sont bien plus fortes que bon nombre d'hommes.

— Lâche-moi ! gémit Tommy en sautant sur un pied tandis que l'autre restait immobilisé dans l'air.

— Alors dis que tu es désolé d'avoir essayé de me donner un coup de pied, lui ordonna la créature.

— Je suis désolé, je suis désolé ! s'exclama Tommy d'une voix frénétique.

Son pied se libéra et il tomba par terre près de Brinique.

— Je crois que le temps des présentations est venu... non ? Je m'appelle Gamjee, poursuivit la créature. Je suis un troll. Je n'ai aucune intention de te faire du mal, mais plutôt de t'aider.

Brinique fut la première à reprendre la parole. Elle rampa en avant et dit :

— Je suis Brinique. Voici ma sœur Davisa, et Tommy.

— Ravi de vous rencontrer. Vous n'auriez pas un truc à grignoter ? demanda Gamjee en se léchant les babines. Je crois que ça fait une éternité que je n'ai pas eu l'occasion de manger de la nourriture pour humains.

— Qu'est-ce que vous faites ?

La voix provenait d'un adulte, et les trois enfants

se tournèrent d'un air coupable, voyant que leur maman se tenait derrière eux.

— On parle à Gamjee, expliqua Brinique avec un grand sourire.

— Gamjee ? demanda Alabama Powers, se mettant à genoux avec un sourire indulgent.

— C'est un troll, précisa Davisa à sa mère d'un ton excité.

— Waouh, un troll ? À quoi il ressemble ?

Brinique dévisagea sa mère en fronçant les sourcils.

— Qu'est-ce que tu veux dire ? Il est juste là, tu peux le voir de tes propres yeux.

Alabama regarda à peine dans la direction que désignait sa fille.

— Je pensais que tu aimerais me le décrire.

Davisa afficha un large sourire et se mit à raconter à leur mère ce qu'elle voulait savoir.

— Il a une super grosse tête et elle est ovale avec un drôle de creux sur le dessus. Il est couvert d'une fourrure rouge marron et il a un nez pointu et des joues très rouges. Et il est petit. Tout petit.

— Je ne suis pas si petit que ça ! grommela Gamjee.

Davisa l'ignora et poursuivit son récit :

— Il a de grands pieds et un ventre comme ça,

dit-elle en mimant une bedaine rebondie. Et il a faim !

Alabama éclata de rire et se redressa.

— Bon, apparemment, il ne saute pas vraiment de repas. Je n'ai pas de nourriture pour trolls, mais je peux peut-être trouver une boîte de thon. Vous croyez qu'il aimera ?

— Oui ! s'exclamèrent immédiatement les deux filles.

— Beurk, du thon ! s'exclama Gamjee en plissant le front. Pourquoi les humains pensent-ils qu'on puisse avoir envie de manger du thon qui se trouve dans une boîte depuis on ne sait pas combien de temps ? Je préfère la malbouffe. Mais j'essayerais bien un bon saumon frais si on me le proposait.

— Il aime pas le thon, expliqua posément Tommy à Alabama.

— On dit « il n'aime pas ». Il n'en veut pas, alors ? demanda Alabama. Qu'est-ce qu'il aime ?

— La malbouffe.

Alabama sourit au garçon.

— La malbouffe est mauvaise pour les humains *et* les trolls. Désolée. Quoi d'autre ?

Tommy se retourna vers le troll.

— Elle dit que c'est mauvais pour nous. Qu'est-ce que tu veux d'autre ?

— Tu me crois sourd, mon garçon ? demanda Gamjee. Je l'entends aussi bien que toi. Je suis juste là.

— Mais *elle* ne peut pas t'entendre, contra Tommy, confus.

Gamjee haussa les épaules.

— C'est parce qu'elle croit que je suis ton ami imaginaire. Seuls de rares adultes, et seulement dans des occasions toutes particulières, peuvent voir une des créatures du roi Matuna.

— Le roi Matuna ? demanda Davisa.

— Oui. Il existe des milliers d'entre nous. Nous sommes envoyés partout dans le monde pour protéger les enfants, les soutenir, les réconforter et leur tenir compagnie. Quand on a secouru notre quota d'enfants, on a le droit de choisir nos missions... on assiste le lapin de Pâques, on part au pôle Nord pour aider les elfes du père Noël, ou bien on exauce les rêves.

— Comment ça ? demanda Davisa.

— On change les cauchemars en jolis rêves, dit simplement Gamjee.

— Comme si on pouvait faire un joli rêve avec toi dedans, lui lança Tommy d'un ton tranchant.

Gamjee dévisagea Tommy pendant un long moment, puis dit calmement :

— Dis à ta mère qu'un verre de lait me conviendra pour le moment. Plus tard, elle pourra m'apporter des hotdogs et des biscuits au chocolat. Et peut-être après, elle pourra aussi me préparer un sandwich au beurre de cacahouète et à la confiture, proposa Gamjee. Ça fait une éternité que je n'en ai pas mangé, et je ferais n'importe quoi pour en avoir un... même danser une gigue irlandaise.

— Tu sais danser ? demanda Davisa.

Gamjee mit les mains sur les hanches et se tourna vers elle.

— Quoi ? Tu penses que juste parce que je suis petit et gros, je ne sais pas danser ? Je te ferai savoir que j'ai été le champion du monde de danse irlandaise en 1762.

Tommy ne put se retenir. Il pouffa en se représentant cette créature boulotte effectuer le moindre pas de danse.

Il ne vit pas le regard attendri que lui adressa Alabama. Il ne se rendit pas compte que c'était la première fois qu'il souriait ou pouffait depuis qu'il avait emménagé.

Il ne réalisait pas non plus que ce petit aperçu de bonheur qu'il montrait à Alabama était également la première fois depuis longtemps où il n'avait pas peur de ce qui pouvait lui arriver.

— Je vais aller chercher du lait pour votre ami et quelque chose à grignoter pour vous aussi. Ne vous éloignez pas. Je reviens vite, dit Alabama aux enfants, faisant courir sa main affectueusement sur la tête de Davisa.

Les trois enfants acquiescèrent machinalement, observant toujours le spectacle étrange que représentait ce troll.

— Alors... euh... d'où viens-tu ? s'enquit maladroitement Tommy une fois qu'Alabama se fut éloignée.

— De Cuculand, dans le Maine, répondit Gamjee en se léchant les babines.

— Oh, tu as dit un gros mot ! lança Davisa au troll en haussant des sourcils choqués.

— Euh... oui, pardon, répondit Gamjee d'un ton désolé.

— Le Maine ? C'est de l'autre côté du pays, dit Tommy à la créature. Tu n'as pas pu venir de là-bas. C'est trop loin.

— Je ne marche pas, gros bêta, dit Gamjee.

— Alors comment es-tu venu ici ? lui demanda Tommy, confus.

— Je me suis téléporté, lui expliqua le troll.

— Je ne comprends pas.

— C'est magique. Je suis venu ici par magie.

C'est comme ça que *vous* pouvez m'entendre et me voir, mais pas les adultes. Je vous ai dit que le roi Matuna est le dirigeant de notre ville. Il entend toutes les prières et tous les souhaits des enfants partout dans le monde et décide si l'un d'entre nous a besoin d'y être envoyé. Je ne suis généralement pas choisi. La dernière fois que j'ai eu l'occasion de quitter Cuculand, c'était en 1942... non, 1944, se corrigea rapidement Gamjee, sans réaliser que les enfants n'avaient aucune idée de ce qu'il leur disait.

Tommy, Davisa et Brinique se contentèrent de dévisager le troll d'un air confus, sans rien dire.

— Vous êtes atteints ? Pourquoi ne dites-vous rien ? demanda Gamjee. Vous me regardez comme si je vous avais jeté un sort.

— C'est quoi « atteint » ? murmura Davisa à Brinique.

— Ça veut dire fou, dit Gamjee à la petite fille avant de pousser un soupir. Vous avez simplement besoin de savoir que maintenant, je suis là. Je ne resterai pas éternellement, mais vous allez avoir besoin de moi. Vous êtes en mesure de me parler, mais personne d'autre ne peut entendre ou comprendre ce que je dis. Ils ne peuvent pas non plus me voir. Si vous promettez de ne pas me chasser, dit-il en fusillant Tommy du regard avant de poursuivre, je peux rester un peu. Est-ce que vous pouvez demander à votre maman de m'apporter à manger ? J'ai une préférence pour les biscuits et les bonbons. C'est bon ?

— Oui, souffla Brinique.

— Cool, dit Davisa.

— C'est pas ma mère, bougonna Tommy en croisant les bras d'un air belliqueux.

— Ça compte vraiment ? demanda Gamjee d'une voix nonchalante. Je veux dire que tu vis ici, elle te prépare à manger, elle t'offre un toit sur la tête et elle veille sur toi.

— Elle ne va pas me garder…

— Voilà !

La voix d'Alabama interrompit ce que Tommy allait dire.

— Un grand verre de lait pour votre ami.

Elle s'agenouilla et posa un plateau par terre devant les buissons à l'endroit où se tenait Gamjee.

— J'ai aussi apporté à mes trois enfants favoris de la limonade au cas où ils auraient soif.

Davisa et Brinique poussèrent des cris de joie et se penchèrent pour prendre les deux verres en plastique remplis de limonade.

Alabama sourit.

— Vous vous débrouillez bien ici ?

— Bien sûr, lui répondit Tommy en plissant le front. On n'est pas des bébés. On peut prendre soin de nous.

— Je m'inquiète pour vous, dit Alabama d'une voix calme, sans visiblement prendre ombrage de l'attitude de Tommy.

— Inquiète-toi pour les bébés, pas pour moi. Je peux m'occuper de moi.

— Je ne suis pas un bébé, répliqua Brinique.

— Ouais, on n'est pas des bébés, fit écho Davisa.

— Je sais que tu es l'aîné, Tommy, dit Alabama au garçon en passant le bras autour de Davisa, et que tu as l'habitude de te débrouiller. Ça me rassure de te savoir ici avec les filles, à garder un œil sur elles.

— Maman, il ne nous surveille pas, protesta Brinique. Il nous a ignorées et nous a jeté des cailloux.

— Est-ce que je ne t'ai pas dit que c'est vilain de rapporter, ma chérie ? demanda Alabama à sa fille aînée d'une voix posée. Ce n'est pas très gentil. Et même s'il vous a lancé des pierres, je t'ai vu en ramasser une pour lui faire la même chose. Une injustice n'en appelle pas une autre.

— Ha ! c'est bien vrai, ma petite, dit Gamjee en levant la tête du verre de lait qu'il avait aspiré à grand bruit.

Il voulait s'assurer de ne pas en laisser échapper la moindre goutte.

— La ferme, Gamjee ! contra Brinique avec colère.

— Alors, comment avez-vous imaginé un nom comme Gamjee ? demanda Alabama, qui essayait visiblement de contenir une crise, et était empêchée par la magie de voir le petit troll prendre le verre de lait et le boire.

— C'est lui qui nous l'a dit, répondit Davisa.

— C'est un joli nom, dit Alabama qui se redressa en souriant. Encore dix minutes, puis il sera temps de revenir à l'intérieur. J'ai préparé un goûter, puis ce sera l'heure des devoirs.

Les enfants et le troll regardèrent Alabama retourner dans la maison.

Les enfants ne le remarquèrent pas, mais Gamjee avait parfaitement conscience que la femme s'était installée à une table près de la grande baie vitrée qui donnait sur le jardin. Elle ne lisait pas le livre placé devant elle, mais gardait les yeux braqués sur les enfants qui jouaient, s'assurant qu'ils soient en sécurité.

— Alors, tu m'expliques, Tommy ? Elle a l'air gentille. Crois-moi, j'ai rencontré des gens qui ne sont pas si gentils durant mes cinq mille et soixante-treize ans d'existence.

Gamjee reprit la conversation que lui et Tommy avaient eue avant qu'Alabama ne soit venue les rejoindre :

— Ma mère est morte.

— Je suis désolé, dit Gamjee en mettant les mains dans son dos, bombant son ventre énorme. Je n'ai jamais eu de mère, alors je ne comprends pas vraiment ce que tu traverses, mais j'ai eu un très bon ami à Cuculand pendant deux mille ans. Il était très populaire et le roi Matuna l'envoyait toujours en mission. Une fois qu'il a eu aidé assez d'enfants, il a pris sa retraite et je ne l'ai pas vu depuis au moins mille ans. C'était l'un de mes seuls amis et il me manque. La dernière petite fille qu'il a aidée avait perdu sa famille quand une avalanche s'était abattue sur leur maison et avait tué tout le monde sauf elle.

Tommy ne répondit pas, mais pour la première fois, il ne sembla plus aussi sûr de lui.

Brinique s'assit en tailleur sur le sol près d'eux et souffla :

— Notre première maman à Davisa et à moi n'était pas très gentille. Elle nous frappait et elle nous enfermait dans notre chambre.

— Et ça ne lui faisait rien quand les méchants

messieurs venaient dans notre chambre, ajouta Davisa en s'asseyant tout près de sa sœur.

Tommy tourna brusquement la tête et regarda intensément les deux fillettes.

— Des hommes méchants sont venus dans votre chambre ? Ils vous touchaient aussi ?

— Une fois, dit Brinique à voix basse. Il a mis sa main sous mon T-shirt et m'a dit que j'étais jolie. Mais c'est tout ce qu'il a fait.

Elle ne s'était pas rendu compte que Gamjee s'était lentement approché d'elle et qu'il avait posé sa petite main sur son épaule pour la réconforter.

— Je ne m'en souviens pas, confessa Davisa. Mais Bri m'a dit qu'un homme m'a attrapé le bras et m'a tenue pendant qu'il essayait d'enlever mon T-shirt.

Gamjee s'approcha alors d'elle et passa la main sur ses cheveux qui cascadaient le long de son dos.

— Qu'est-ce qui s'est passé ? murmura Tommy en se penchant machinalement vers ses sœurs.

Brinique haussa les épaules.

— Notre maman nous a crié de nous éloigner de ses amis. On est restées cachées dans notre chambre jusqu'à ce qu'ils s'en aillent. Pas très longtemps après, la police est venue nous chercher et on est venues vivre avec notre nouvelle maman et Papa Abe.

— Comment sais-tu qu'ils ne vont pas faire pareil ? demanda doucement Tommy.

— Papa appartient aux forces spéciales, répondit simplement Brinique.

— Il a des pouvoirs magiques ? C'est génial ! souffla Gamjee. Ça fait longtemps que je n'ai pas rencontré ce genre d'humains.

— Non, idiot, pas un sorcier, le gronda Tommy. Il est soldat dans les forces spéciales. Mais ça ne veut pas dire qu'il ne va pas te faire de mal, insista Tommy. Tous les gens, hommes ou femmes, ont le potentiel de faire du mal aux autres. Il est peut-être gentil maintenant, mais il va changer.

— Maman était comme nous, lui révéla Davisa d'un ton solennel en secouant la tête. Elle nous l'a raconté une fois. Sa mère l'enfermait dans un placard. Elle n'avait pas le droit de parler. Elle n'avait pas beaucoup à manger.

Brinique poursuivit l'histoire de sa sœur :

— Seulement, elle n'a pas été adoptée par une gentille maman. Elle a été battue et affamée, et sa mère lui disait des choses méchantes tous les jours jusqu'à ce qu'elle soit adulte. Quand elle a épousé Papa Abe, elle a voulu aider des enfants comme nous qui avaient des mamans et des papas méchants.

Ils restèrent tous silencieux, digérant les paroles de Brinique.

— Ta maman te manque ? Ta vraie mère ? demanda Tommy d'une voix à peine plus élevée qu'un murmure, et que les sœurs n'avaient jamais entendue auparavant.

— Non, répondit immédiatement Brinique.

— Un peu. Et toi ? demanda Davisa.

Tommy hocha la tête.

— Oui, parfois. Et mon père me manque, celui qu'il était quand elle était vivante.

— Erasto me manque, avoua Gamjee installé à côté de Brinique. C'était le nom de mon ami. Ça ne lui faisait rien que je sois recouvert de fourrure ou que mon nez et mes oreilles soient pointus et que ces dernières ne soient pas assorties. Il jouait toujours avec moi et partageait la nourriture et les cadeaux qu'il recevait après être revenu d'une autre mission accomplie avec succès.

Le silence retomba sur le groupe pendant un moment, jusqu'à ce qu'Alabama les appelle depuis la porte d'entrée, brisant l'atmosphère solennelle.

— Venez, les enfants, il est temps de rentrer.

Tommy et les filles se redressèrent. Il se tourna

vers Alabama, essayant de paraître aussi triste et pathétique que possible… versant même une larme tandis qu'il implorait :

— Est-ce que Gamjee peut venir à l'intérieur et rester dans ma chambre avec moi ?

Il voyait bien qu'Alabama réfléchissait très fort à ce qu'elle allait dire. Se souvenant de ce que Brinique et Davisa lui avaient raconté sur elle, et qu'elle aussi avait eu une maman méchante, il fit quelque chose qu'il n'avait plus fait depuis des années…

Il lui demanda poliment :

— S'il te plaît ?

— D'accord, céda Alabama d'une voix douce. Mais je suis certaine qu'au bout d'un moment, ton ami ressentira le mal du pays et qu'il voudra rentrer. Il est peut-être même perdu. Alors quand il décidera de partir, tu devras le laisser filer sans un mot de protestation, c'est d'accord ?

Les trois enfants hochèrent vigoureusement la tête.

— Il n'est pas perdu. Il vient de Cuculand, dans le Maine, dit Davisa tandis qu'ils se dirigeaient vers la porte d'entrée.

— Davisa Powers ! On ne dit pas de gros mots ! la gronda Alabama d'une voix modérément sévère.

— Quoi ? Il nous a dit que c'est de là qu'il venait ! protesta la petite fille.

— Peu importe. On n'utilise pas ce genre de langage dans cette famille. Excuse-toi.

— Je suis désolée, Maman.

Tommy se tendit, s'attendant à ce que la correction se poursuive, mais il fut surpris quand Alabama se pencha pour déposer un baiser sur le sommet de la tête de Davisa.

— Merci, ma chérie. Tu es pardonnée. Maintenant, allez tous vous laver les mains avant de goûter.

La boule noire et gluante qui s'était implantée en Tommy depuis qu'il avait réalisé que son père avait reçu de l'argent pour laisser les méchants messieurs entrer dans sa chambre rétrécit légèrement quand il entendit les paroles d'Alabama.

Elle avait passé l'éponge sur le fait que Davisa ait dit un mot interdit, comme si elle avait déjà oublié. De simples excuses, et elle était redevenue la femme gentille qu'il avait observée depuis son arrivée.

Tommy avait appris à vivre avec cette horrible impression d'avoir une balle noire à l'intérieur de lui pendant tellement longtemps qu'il avait presque oublié ce que cela faisait d'en être libéré.

Il suivit Brinique et Davisa à l'intérieur pour

aller se laver les mains, refusant de réfléchir à ce que tout cela signifiait.

Gamjee regarda la femme qui restait dans le couloir d'entrée de la maison tandis que les enfants allaient se débarbouiller. Elle prit son téléphone et appuya sur un bouton avant de le porter à son oreille. Gamjee tendit l'oreille, n'ayant pas honte de l'épier.

— Bonsoir, mon chéri. Non, tout va bien. Je t'appelais simplement pour t'informer que tes enfants ont trouvé un ami imaginaire qui vit dans les buissons devant la maison... Oui, apparemment, c'est un troll qu'ils ont appelé Gamjee... Je ne sais pas, mais pour le moment, je pense que ça va. Je crois que c'est Tommy qui a commencé, peut-être pour plaisanter. Mais Brinique et Davisa sont vraiment à fond. Je ne veux pas penser à la tristesse qu'elles auront quand Tommy les informera que leur petit ami a disparu...

Alabama continua de discuter avec son mari, l'amour et le respect qu'elle ressentait pour lui aisément détectables dans sa voix. Gamjee savait qu'elle ne pouvait pas l'entendre, mais il dit quand même :

— Ne vous inquiétez pas, Alabama... le moment venu, vos enfants seront prêts à me laisser partir. J'ai la situation bien en main.

En réalité, Gamjee n'en était pas si certain, mais

cela faisait plus de soixante-dix ans que le roi Matuna ne l'avait pas choisi pour partir en mission. Il n'allait pas le décevoir. Qui plus est, toutes les missions qu'il avait accomplies avec succès le rapprochaient de ses retrouvailles avec son seul et unique ami, Erasto. Celui-ci avait accompli tant de missions qu'il avait eu le droit de prendre sa retraite et de choisir ses assignations. Il était actuellement l'elfe de confiance du père Noël et il adorait cela... si les rumeurs qu'il avait entendues étaient fondées.

CHAPITRE TROIS

— Réveille-toi, Tommy, l'appela Gamjee en donnant une légère tape sur la joue du petit garçon.

Tommy continua de gémir et de se contorsionner sur le petit lit.

Gamjee toucha l'épaule du garçon, essayant de le réveiller graduellement pour ne pas l'effrayer complètement.

— Quoi ? Où suis-je ? s'enquit Tommy d'un ton endormi.

— Tu es en sécurité chez Alabama et Abe, lui dit Gamjee. Tu t'en souviens ?

Tommy grogna et se tourna sur le côté, se roulant en boule sans rien dire.

— De quoi rêvais-tu ? demanda le troll. Une fois, Erasto a fait un rêve terrible. Bien entendu, quand l'une des créatures du roi Matuna fait un cauchemar, il se passe des choses folles.

— Comme quoi ? demanda Tommy en ouvrant les yeux.

— Voyons voir… Une fois, toutes les ampoules de ma maison ont explosé en même temps, raconta Gamjee d'un ton égal. Ou bien une autre fois, Shengis s'est réveillé transformé en loup, et sa fourrure habituellement noire était devenue verte.

Tommy se rassit, frottant ses yeux ensommeillés.

— Ça s'est vraiment produit ?

— Bien sûr, lui dit Gamjee.

— Les loups-garous n'existent pas.

— Et les trolls qui parlent n'existent pas non plus ? demanda Gamjee en levant les yeux au ciel. Écoute, mon garçon, juste parce que tu n'as pas vu ou n'a jamais vécu quelque chose, ça ne signifie pas que ça n'existe pas ou que ça ne peut pas arriver.

Tommy, visiblement toujours secoué par le rêve qu'il venait de faire, demanda :

— Tu peux m'en dire plus sur ton monde ?

— Tu veux dire Cuculand, dans le Maine ? C'est ton monde aussi. C'est situé aux États-Unis, comme la Californie, dit Gamjee en baissant les yeux vers ses ongles trop longs comme s'il n'avait pas le moindre souci sur cette terre.

— Tu n'es pas censé dire ce mot, lui rappela Tommy.

— Oh, désolé. Bon... Quoi qu'il en soit, voyons voir... Tu es au courant pour le roi Matuna, notre chef. Aussi, tous les animaux de notre monde ont des pouvoirs particuliers.

— Comme le fait de parler ?

— Bien sûr qu'ils peuvent parler, dit Gamjee d'un ton impatient en battant l'air de la main. Mais ce n'est pas ce que je veux dire. Halasuwa a le pouvoir de lire dans les pensées des enfants qu'elle est censée aider et Ekon sait voler.

— Waouh ! s'exclama Tommy en écarquillant de grands yeux. Alors tu es un troll, et il y a des loups-garous et des... créatures qui volent. Quoi d'autre ?

Gamjee s'étendit sur le lit et donna un coup de coude à Tommy jusqu'à ce que lui aussi se retrouve allongé.

— Je t'ai parlé de Roger Lapin ?

— Celui du film ? demanda Tommy, impressionné.

— Quel film ? répéta Gamjee, déboussolé. Roger est dans un film ?

— C'est un dessin animé, clarifia Tommy.

— Alors non. Le Roger dont je parle est aussi réel que toi et moi. Il fait 1 mètre 80 et c'est un des favoris du roi Matuna. Non seulement il sait parler, mais il peut courir plus vite que n'importe quelle voiture de ton monde *et* il résiste aux balles, dit Gamjee.

— Il a l'air génial, souffla Tommy. Pourquoi est-ce que ce n'est pas lui qui est venu me voir ?

Gamjee fronça les sourcils. Il avait particulièrement conscience qu'il n'était pas la créature imaginaire dont rêvaient la plupart des enfants, mais il avait ses avantages… bon sang !

— Parce que, répondit-il d'un ton un peu plus ronchon qu'il n'en avait eu l'intention. Au moins, tu n'as pas eu Fleur, dit-il pour changer de sujet.

— C'est qui, Fleur ? demanda Tommy.

— Pas « qui ». Quoi. C'est une femelle putois.

— Comme dans *Bambi* ?

— Dans quoi ? demanda Gamjee.

— *Bambi*. Le film. Le putois de ta ville s'appelle pareil que celui du film ?

— Bien sûr que non. Fleur était déjà là bien avant que n'importe quel film existe, se rebiffa le troll.

Tommy resta un instant déconcerté, mais il secoua la tête et se cala sur un coude afin de poursuivre son interrogatoire.

— Elle sent ?

— Non, sauf si elle pète. Elle peut vous vider une pièce avec un seul petit prout, expliqua Gamjee.

Tommy pouffa, comme le troll en avait eu l'intention. Pour les petits garçons, il n'existait rien de plus drôle que les pets.

— J'aimerais bien vivre dans ton monde, rêvassa Tommy d'un ton ensommeillé une fois qu'il se fut rallongé. Il n'y aura personne de méchant pour me faire du mal.

Gamjee savait que dans son monde, il se passait beaucoup de choses terrifiantes, comme le débriefing que toutes les créatures devaient subir quand ils revenaient de mission. Mais les choses que les humains se faisaient mutuellement et toutes celles qu'ils pouvaient faire à un enfant étaient vraiment horrifiantes. Il savait qu'il n'était pas bon de raconter à Tommy ces histoires-là. Il traversait déjà sa propre histoire horrible.

Gamjee s'exprima à voix basse :

— Il me semble que tu es en sécurité ici, Tommy. Alabama et Abe ont l'air gentils.

— Ils ne vont pas me garder.

— Pourquoi pas ? demanda le troll.

Tommy haussa les épaules.

— Aucun des autres ne l'a fait. Personne ne veut d'un enfant plus âgé comme moi, quelqu'un qui est… blessé par l'existence. Ils veulent des tout-petits.

— Brinique et Davisa n'étaient pas petites quand elles sont arrivées ici, dit Gamjee en inclinant la tête et en remuant ses petites oreilles pointues.

— Plus petites que moi, insista Tommy.

— Tu as connu une vie terrible jusqu'ici, lui dit Gamjee d'un ton résolu. Et j'ai l'impression que tu as besoin de faire une pause. Et je sais d'autorité qu'Alabama et Abe ont envie de te garder.

— Pour le moment, dit tristement Tommy. Mais attends que je commette une erreur.

— Tu as l'intention d'en commettre une ? demanda le troll.

— Non, mais ça arrive constamment. J'ai du tempérament et je ne parviens pas à le contrôler.

— Dis simplement que tu es désolé et tout sera pardonné. Je fais des bêtises tout le temps et le roi Matuna me pardonne toujours, dit Gamjee d'un ton détendu.

La voix de Tommy commença à se flouter alors qu'il se rendormait lentement.

— Ma maman me manque.

Gamjee n'était pas la créature la plus affectueuse de Cuculand, mais il fit de son mieux pour réconforter le petit garçon à côté de lui.

— Ma maman me manque aussi, confessa-t-il à voix basse.

— Je ne savais pas que tu en avais une, marmonna Tommy.

— Alors ce qui me manque est d'en avoir une, insista Gamjee.

Quelques minutes plus tard, un léger ronflement émana de Tommy. Gamjee avait utilisé certains de ses pouvoirs pour aider le petit garçon à sombrer dans un sommeil sans rêves.

Gamjee n'avait pas besoin de dormir ; aucune des créatures du roi Matuna ne s'endormait pendant une mission, d'ailleurs. Le troll s'allongea sur le lit, s'assurant que Tommy se sente en sécurité, même lorsqu'il était endormi, puis il se dit à voix haute :

— Je vais devoir bien veiller sur lui.

Guérir Tommy était une chose. Le préserver du danger était un tout autre défi.

* * *

— Christopher, je m'inquiète pour Tommy, dit Alabama à son mari le lendemain matin.

— Je sais, moi aussi, ma belle. Mais il est fort, et puis il nous a nous, ainsi que ses sœurs. Il s'en sortira. Tu te rappelles comme on a eu du mal à obtenir la confiance de Brinique et de Davisa quand elles sont arrivées ? Elles passaient beaucoup de temps blotties l'une contre l'autre dans leur chambre à se dissimuler. On avait cru qu'elles ne sortiraient jamais pour discuter avec nous. Ça prendra du temps. C'est tout.

Abe prit sa femme dans ses bras.

— Passer de l'accueil à l'adoption, particulièrement avec des enfants et pas des tout-petits, n'est pas chose facile. On le savait quand on a commencé à le faire.

— Je sais, je sais. Je n'arrive pas à croire que son propre père ait accepté de l'argent pour laisser ces monstres faire... tu sais quoi.

Abe soupira et serra fort les paupières.

— J'ai tellement envie de mettre la main sur son père et de le tuer. Je sais que les garçons n'auraient aucun problème à me soutenir. Je parie que si jamais il sort de prison, Tex le retrouvera en quelques secondes.

— Mais alors il faudra que je te rende visite pendant que *tu* purgeras ta peine de prison, lui dit Alabama en passant ses bras autour de son cou. Et j'aime trop t'avoir auprès de moi pour tenter le sort.

— Ah, tu n'as pas confiance en moi, femme. Tu

sais qu'on ne m'attraperait pas si Wolf et les autres me couvraient.

Alabama soupira et ferma les yeux, posant la tête sur la poitrine d'Abe.

— C'est simplement que... je me reconnais tellement en Tommy, et j'ai envie de le serrer dans mes bras et lui dire que tout ira bien. Il a simplement tellement mal que je trouve ça intolérable.

— Il s'en sortira. Il est fort, Alabama. Tout comme toi. Donne-lui du temps.

— Ma crainte est que si ça ne marche pas avec nous, il va devenir une statistique de plus. Je ne peux pas le supporter, Christopher.

Abe continua à l'étreindre fort. Il ne dit rien, se contentant de la bercer dans ses bras.

— *Si* son père sort de prison et songe à le récupérer, il aura affaire à moi, dit Alabama d'une voix douce mais acérée.

Ses doigts se refermèrent sur l'arrière du T-shirt d'Abe et elle lutta contre la colère qui coursa à travers son corps à la perspective que Tommy puisse se retrouver en présence de son père biologique.

Abe s'écarta et posa les mains des deux côtés du cou de sa femme. Puis ses gros doigts lui caressèrent la nuque tandis que ses pouces lui levaient délicatement le menton afin qu'elle n'ait pas d'autre choix que de soutenir son regard.

— C'est faux. Il n'aura pas l'occasion de t'approcher. Il devra me passer au travers, ainsi qu'à Wolf, Dude, Benny, Cookie, Mozart et probablement même Tex. Et je pense que je pourrais également appeler quelques membres de la Delta Force de ma connaissance, qui seront ravis de nous aider aussi, dit Abe à sa femme d'un ton qui ne laissait planer aucun doute possible.

— Je t'aime, Christopher. Merci de ne pas m'avoir prise pour une folle de vouloir adopter des enfants dont personne ne veut.

— Je t'aime aussi, ma chérie. Et il y a des gens qui veulent d'eux... Nous.

CHAPITRE QUATRE

C'était le cinquième jour d'affilée que Tommy s'éveillait après une longue nuit de sommeil. Cela faisait environ une semaine qu'il ne se rappelait pas avoir fait de cauchemar. Cela tenait du miracle, puisqu'il avait commencé à en faire toutes les nuits après le premier abus, et ils ne s'étaient apaisés que lorsque l'étrange petit troll s'était mis à dormir dans son lit.

Il devinait que c'était grâce à lui. Il ne savait pas comment Gamjee faisait, mais il n'allait pas s'en plaindre.

Sa vie auprès de Christopher et d'Alabama Powers était plutôt... bien. Il n'avait jamais eu de frères ou de sœurs, mais il commençait à se rapprocher juste un peu de Brinique et de Davisa. Elles n'étaient pas agressives et ne lui volaient pas ses affaires, ce qui était un plus par rapport à la dernière famille d'accueil dans laquelle il s'était trouvé.

Tout allait tellement bien... que ça le rendait nerveux. Généralement, quand les choses commençaient à bien se passer dans sa vie, tout partait très vite en sucette.

— J'ai faim, dit Gamjee à Tommy dès qu'il vit que le petit garçon était réveillé.

— Tu as toujours faim, répondit ce dernier au troll sans agressivité.

— C'est vrai. Tu penses qu'on aura quoi pour le petit-déjeuner ?

— Probablement la même chose que tu as mangée hier, et le jour d'avant, et le jour d'avant, dit Tommy en riant de la petite créature ventripotente.

— J'espère que c'est du bacon et des pancakes, bougonna Gamjee.

Tommy leva les yeux au ciel et sauta de son lit.

— On est vendredi, non ? demanda le troll en suivant Tommy dans le couloir puis dans la salle de bains.

— Oui.

— Et on va à la plage ce week-end.

Le troll ne lui posait pas vraiment la question ; c'était plutôt pour le lui rappeler.

Tommy soupira en refermant la porte de la salle de bains, s'enfermant à l'intérieur avec Gamjee. Il avait complètement oublié cette sortie. Alabama lui en avait parlé plus tôt dans la semaine. Elle avait dit que le groupe d'hommes avec lesquels Christopher travaillait avait loué une gigantesque maison sur la plage près de la base navale. Tout le monde – littéralement une vingtaine d'hommes, de femmes et d'enfants – allait passer le week-end ensemble.

À ses yeux, c'était un cauchemar, mais il savait qu'il n'allait pas pouvoir y couper. Ce n'était pas du genre d'Alabama de le laisser rester seul à la maison.

— Je crois.

— Tu crois ? répéta Gamjee. Tu sais ce qu'on trouve à la plage, non ?

La bouche remplie de mousse de dentifrice, Tommy demanda :

— Non, quoi ?

— Des fruits de mer !

Levant les yeux au ciel, Tommy cracha la mousse et se rinça la bouche. Il avait beau aimer ce petit troll laid et apprécier de pouvoir lui parler, il commençait à être un peu irritant à constamment parler de nourriture. C'était fou de penser qu'un troll qu'aucun adulte n'était en mesure de voir pouvait s'avérer aussi contrariant, mais Gamjee avait vraiment commencé à lui courir sur le haricot.

Ressentant la colère qui grondait toujours sous la surface de sa peau se mettre à bouillonner et rugir, Tommy dit d'un ton mauvais :

— Je ne sais pas pourquoi ça te fait quelque chose. Alabama et Abe ne peuvent ni te voir ni t'entendre. Ils se fichent complètement de toi ou de l'endroit d'où tu viens. Ce n'est pas comme si...

— Je viens de Cuculand, dans le Maine, l'interrompit Gamjee.

Furieux que le troll ne l'ait pas laissé finir sa pensée, Tommy, frustré, voulut lui donner un coup de pied.

Comme c'était arrivé la dernière fois où il avait essayé de donner un coup de pied au troll, le pied de Tommy s'immobilisa en plein mouvement. Mais cette fois, il fut également tordu comme si une main invisible le faisait tourner.

Tommy suivit le mouvement pour éviter que sa jambe ne lui fasse mal et il se retrouva en face du miroir. Ses mains étaient appuyées sur le comptoir et il était légèrement penché en avant. Il souffla alors de colère, de frustration et de douleur.

— Lâche-moi !

— Tu vas encore me frapper ? demanda Gamjee, complètement impassible alors qu'il grimpait sur le siège des toilettes et croisait les bras.

— Non ! répondit le garçon d'un ton belliqueux.

Dès que le mot quitta sa bouche, sa jambe fut libérée de la force qui l'avait attrapée. Tommy se retourna brusquement et termina sa pensée :

— Ce n'est pas comme si quelqu'un se préoccupait de toi. Même ton cher roi pense que tu es nul. Tu l'as dit toi-même, on ne t'a même pas envoyé aider des gens depuis des années et des années. Tu es gros, laid et stupide.

La boule noire et collante à l'intérieur de lui enfla et remplit sa gorge, lui donnant envie de se déchaîner et de faire subir au troll autant de douleur que lui-même en ressentait.

Gamjee observa froidement le petit garçon.

— C'est ce qui t'est arrivé ?

Tommy sentit le sang lui quitter le visage.

— La ferme !

— Tu n'es ni gros ni laid. Et je ne crois pas que tu sois stupide, mais peut-être que les autres parents ne te comprenaient pas vraiment.

— J'ai dit la ferme ! lui ordonna Tommy, le sang lui montant au visage dans une vague de chaleur.

On frappa à la porte. Tommy l'ouvrit brusquement, soulagé de pouvoir s'éloigner de Gamjee.

— Quoi ?

— Tu n'es pas censé dire ça, dit Brinique à son frère adoptif, l'ayant de toute évidence entendu dire au troll de la fermer. Maman n'aime pas ça.

— Je m'en fiche, et tu peux la fermer aussi, lui dit Tommy en la contournant, s'assurant de la pousser au passage.

La petite fille tituba et son épaule frappa le mur près de la porte.

— Aïe ! Attention ! protesta-t-elle en lui décochant un regard mauvais tout en massant son épaule endolorie.

Tommy l'ignora et se hâta de descendre le couloir qui menait à sa chambre. Il claqua la porte aussi fort qu'il le put, s'assurant d'abord que Gamjee se trouve toujours dans le couloir.

Mais quand il se tourna, le troll était assis sur le côté de son lit, comme s'il l'avait attendu là depuis le début.

— Ah ! gronda Tommy. Comment tu es arrivé ici ?

— Par magie, dit Gamjee avec un petit sourire.

Tommy fit de son mieux pour ignorer le troll et se dirigea vers sa penderie d'un pas lourd. Il en tira un jean qu'il détestait. Sa dernière mère adoptive le lui avait acheté et il était ringard, bleu foncé avec des lignes stupides sur les poches arrière. Il prit aussi un T-shirt qu'il possédait depuis qu'il avait 6 ans. Il était élimé et trop petit, mais cela ne lui faisait rien. C'était quelque chose de son ancienne vie, une existence qu'il détestait, mais qui lui manquait quand même.

Il avait pris garde à ne mettre aucun des vêtements qu'Alabama et Abe lui avaient achetés, voulant se rebeller contre eux de toutes les façons possibles.

— Ça fait des années que je n'ai pas mangé de fruits de mer, songea Gamjee. J'aimerais bien avoir du homard nappé de beurre. Oh, et des crevettes à la noix de coco, et peut-être aussi des pattes de crabe.

— Bon sang ! cria Tommy en plaquant les mains sur ses oreilles. Je pensais que c'était bien que tu puisses parler, mais maintenant, c'est juste irritant. Je vais aller petit-déjeuner. J'ai hâte d'aller à l'école pour ne pas rester avec toi !

Et sur ce, Tommy quitta sa chambre d'un pas vif.

Gamjee afficha un large sourire et ferma les yeux afin de communiquer avec son roi. Matuna le regardait et l'écoutait en permanence, et il était toujours disponible quand une de ses créatures avait besoin de conseils ou de réconfort.

— Ça n'a pas mis beaucoup de temps.

— Non. Tu lui as donné l'envie d'aller à l'école. Objectif numéro un, dans la poche ! acquiesça le roi Matuna.

— Les autres ne seront pas aussi faciles à atteindre.

Matuna se renfrogna.

— Non, c'est vrai. Mais ce week-end, tu pourras aussi cocher les deux suivants.

— Oui.

Gamjee resta silencieux un moment puis demanda :

— C'est la semaine prochaine que c'est censé se produire, n'est-ce pas ?

— Oui, dit le roi Matuna. Il sera prêt.

— Vous en êtes sûr ? demanda Gamjee d'un ton nerveux. Ça ne fait pas longtemps qu'il est là. Je ne sais pas s'il a vraiment eu l'occasion de s'acclimater. S'il ne noue pas de liens avec Alabama, Abe, Brinique et Davisa, ça ne va pas marcher. Il ne sera pas prêt.

— Il sera prêt, s'entêta le roi.

Gamjee n'en était pas convaincu, mais il hocha quand même la tête.

— Vas-y, tu ne veux pas rater le petit-déjeuner, dit le roi Matuna à Gamjee.

Hochant la tête, le troll descendit du lit et ferma les yeux, se transportant jusqu'à la cuisine pour voir s'il pouvait chiper un peu des œufs délicieux qu'Alabama était en train de préparer pour ses enfants.

CHAPITRE CINQ

— Je ne veux pas que tu te sentes submergé, Tommy, lui dit Alabama, installée sur le siège passager.

Ils étaient dans un minivan qui se dirigeait vers la côte. Abe conduisait. Alabama était assise à côté de lui, et ils se tenaient la main par-dessus la console centrale entre les deux sièges. Tommy avait envie de lever les yeux au ciel, mais le souvenir d'avoir vu ses parents faire la même chose quand il était tout petit l'empêcha de dire ou de faire quoi que ce soit de négatif.

— Il va y avoir beaucoup de monde, mais la maison est énorme. Tu auras ta propre chambre, puisque tu es le garçon le plus âgé.

— Super, une maison pleine de bébés, ronchonna Tommy.

— Regarde-moi, Tommy, lui ordonna Abe, divisant son attention entre la route et le rétroviseur.

À contrecœur, Tommy leva les yeux et croisa ceux d'Abe dans le miroir. Abe n'utilisait pas souvent ce ton-là avec lui, mais quand il le faisait, Tommy savait qu'il ferait mieux de ne pas désobéir. Il n'avait pas peur... pas vraiment... mais il ne voulait pas tenter le sort non plus.

— Je sais que tout est nouveau et que tu es un peu perdu. Ce n'est pas grave. Tu as le droit de ressentir ça. Mais ce que je ne te donne pas le droit de faire est de manquer de respect à Alabama ou à tes sœurs... ou bien à tous ceux qui seront là ce week-end. Alabama t'a dit que tu auras ta propre chambre. C'est généralement celle dans laquelle *on* dort, elle et moi. Mais parce que c'est important pour Alabama que tu te sentes bien et en sécurité, on dormira sur le canapé pliable du salon.

Tommy en resta bouche bée et il se tourna vers la femme assise sur le siège avant. Elle ne le regardait pas, mais gardait les yeux sur le paysage qui défilait autour d'eux.

— Christopher, dit-elle d'une voix basse et implorante. Laisse tomber.

— Non, ma chérie. Il a besoin de savoir, rétorqua Abe.

Tommy le vit presser la main de son épouse avant de raccrocher le regard de Tommy dans le rétro.

— Oui. On s'installera sur le canapé du salon et tu auras une des chambres principales pour toi tout seul. Alabama voulait être certaine que tu puisses te mettre à l'écart du bruit que tout le monde fera si tu en ressens le besoin. Brinique et Davisa partageront une des chambres qui ont des lits superposés avec Sara et John. Ils ont 4 et 3 ans. Les autres couples auront tous leurs propres chambres, et les bébés dormiront tous avec eux. Alors tu es la seule personne ce week-end qui aura sa propre chambre.

La voix d'Abe s'adoucit, mais Tommy voyait bien qu'il était très sérieux quand il poursuivit :

— Je sais que ta vie n'a pas été facile, dernièrement, fiston. J'aimerais vraiment que ça ne se soit pas passé. Mais ça s'est passé. La seule chose que je peux dire à ce niveau-là est d'avancer. Même si on souhaiterait tous effacer ce qui est arrivé, c'est impossible. J'aimerais l'effacer pour toi, mais je ne le peux pas. Alabama aurait aimé t'avoir rencontré avant que tu aies fait l'expérience des trois autres foyers d'accueil, mais ce n'est pas le cas. Tout ce que je te demande, pendant que tu digères la merde qui t'est arrivée...

— Christopher ! Ne dis pas de gros mots.

Abe ignora le reproche bienveillant d'Alabama et poursuivit comme si elle n'avait rien dit, mais Tommy le vit afficher un léger sourire avant de reprendre la parole :

— ... c'est que tu respectes Alabama et les autres femmes et les enfants qui seront là ce week-end. Si tu ressens le besoin de te défouler, si tu es perdu ou si tu ne comprends pas ce qu'il se passe, tu peux venir me trouver. Moi ou n'importe lequel de mes amis. On pourra en parler avec toi et t'aider à comprendre ce que tu ressens, ou bien on te donnera de l'espace pour que tu te débrouilles tout seul. Mais je ne céderai pas sur la question du respect, et tous les autres hommes qui seront là ce week-end t'en tiendront aussi pour responsable. Tu as compris ?

— Oui, monsieur, dit automatiquement Tommy.

— Ce n'est pas ce que j'ai voulu dire, lui dit Abe. Je n'ai pas nécessairement besoin ou envie que tu m'appelles comme ça, sauf si ça te convient. Toutes nos femmes ont traversé l'enfer. Si tu veux vraiment connaître leurs histoires, on t'en parlera, entre hommes, mais ça présuppose de la confiance.

Tommy ne s'imaginait pas quelles choses Alabama et ses amies avaient traversées. Elles étaient toutes très jolies et portaient de beaux vêtements. Il avait vu des photos d'elles partout dans la maison et Alabama les lui avait montrées. Abe était forcément en train de mentir pour s'assurer qu'il coopère.

— C'est compris, fiston ?

— Oui, c'est bon. Je promets.

Tommy était content d'avoir sa propre chambre, mais il ne savait pas quoi penser du fait qu'Alabama et Abe dormaient dans le salon. Il comprenait qu'Abe n'en avait pas vraiment envie, et selon son expérience, les adultes faisaient généralement ce qu'ils voulaient.

Un des hommes qui avait l'habitude de venir dans sa chambre lui disait que s'il faisait ce qu'il désirait sans faire un bruit, il lui apporterait un autre sandwich après coup. C'était donnant donnant. Tommy se demandait ce qu'Abe et Alabama voulaient de lui en retour. Il était perdu et déboussolé, mais il savait au fond de lui qu'Abe était sérieux pour cette histoire de respect.

— Quoi qu'il en soit, comme je le disais, mon chéri, poursuivit Alabama en se tournant sur son siège pour regarder Tommy dans les yeux comme si Abe ne l'avait pas interrompu, il y aura beaucoup de monde ce week-end. Je voulais m'assurer que tu les connaisses un peu avant de tous les rencontrer, c'est d'accord ?

— D'accord, accepta Tommy qui n'écoutait qu'à moitié.

— Tous les hommes ont des surnoms. Tu sais que celui de Christopher est Abe. Et il appelle ses amis par leurs surnoms, tandis que la plupart des femmes utilisent leurs vrais prénoms. Ça peut être déroutant, et au début, on a l'impression qu'il y a deux fois plus de gens, mais tu peux les appeler comme tu veux. C'est d'accord ?

— Oui.

Tommy s'était posé des questions à ce sujet. Alabama appelait son époux Christopher, mais Davisa et Brinique, tout comme lui, l'appelaient Abe.

— C'est bien. Alors Wolf, ou Matthew, est marié à Caroline. Wolf est le leader du groupe de soldats avec lesquels Christopher travaille. Ils n'ont pas d'enfants. Cookie, dit Hunter, est avec Fiona. Ils n'ont pas d'enfants non plus. Mozart, alias Sam, est avec Summer. Ils ont une fille de 2 ans et demi appelée April. Puis il y a Dude, dit Faulkner, et Cheyenne. Ils ont aussi une fille, qui s'appelle Taylor. Enfin, il y a Benny, qu'on appelle Kason, et

Jessyka. Ils ont trois enfants : John, Sara et Callie. Ils ont 4 ans, 3 ans et un 1 an et demi.

Alabama inspira profondément et poursuivit :

— Ce n'est pas grave si tu ne te souviens pas de tous leurs prénoms. Je sais que ça fait beaucoup. Brinique et Davisa pourront t'aider au besoin, mais je te promets que personne ne se mettra en colère ou ne se vexera si tu oublies.

— Autre chose, fiston, ajouta Abe, attendant que Tommy le regarde.

Une fois que le petit garçon eut hoché la tête, il lui dit :

— Mes amis seront très tolérants tant qu'on les respecte... mais pas Dude. Non, ne te stresse pas, rassura-t-il rapidement Tommy en le voyant redresser l'échine sur la banquette. Il n'est absolument pas violent. Il ne va pas te faire de mal, mais il est très protecteur envers sa femme et sa petite fille. Cheyenne a failli mourir pendant l'accouchement et il n'était pas là quand ça s'est produit. Ça le ronge encore. Il ne tolérera pas la moindre insolence envers Cheyenne ou Taylor. C'est compris ?

Tommy hocha rapidement la tête, étrangement reconnaissant de cette mise en garde. Il ne parvenait pas toujours à contrôler ses paroles, mais il allait faire un effort en compagnie de cet homme appelé Dude... et de sa famille.

Appréciant qu'Abe lui parle d'égal à égal et pas comme s'il était un bébé, Tommy dit doucement :

— Merci de m'avoir prévenu.

Abe afficha alors un véritable sourire.

— Je t'en prie, mon grand. Mais il nous reste encore une heure environ... Tu veux regarder autre chose que *La Petite sirène* ? Je crois que c'est un peu cucul pour toi.

— Christopher ! protesta Alabama. *La Petite sirène* est un dessin animé génial !

— Tu as raison. C'est bien. Pour nos petites filles. Mais je crois que le gamin apprécierait autre chose. Non ?

— Oui.

Tommy resta silencieux un instant, puis il ajouta :

— S'il te plaît.

— Tu vois ?

— Faites comme vous voulez, souffla Alabama.

Abe souriait toujours en regardant dans le rétroviseur.

— Pourquoi pas *La Morsure du lézard* ? Tu l'as déjà vu ?

Tommy secoua la tête. Depuis quelques années,

il n'avait pas exactement été dans un environnement où l'on regardait des films.

— Super. C'est génial. Tu n'auras pas le temps de tout regarder, mais tu peux commencer. Puis si tu veux, on prendra le lecteur DVD à l'intérieur et tu pourras le regarder ce soir quand tu te coucheras. Si on n'a pas le temps, tu pourras finir de le regarder sur le chemin du retour. Ça te convient ?

— Oui, merci.

Alabama enclencha le film sur le lecteur DVD et lui tendit des écouteurs. Avant qu'il les mette sur ses oreilles, Alabama lui dit :

— Je suis vraiment heureuse que tu sois ici avec nous, Tommy. Profite du film.

Tommy savait qu'elle était sérieuse. Elle ne le disait pas juste comme ça. Il voyait bien la différence. Beaucoup d'adultes lui avaient dit ce genre de mensonges au cours de l'année qui venait de s'écouler, simplement parce que c'était ce qu'on attendait d'eux. Et c'était devant des gens comme des employés des services sociaux ou bien des inspecteurs. Tandis que là, il n'y avait qu'eux dans la voiture. Alabama n'essayait pas d'impressionner qui que ce soit. Ses filles avaient leurs écouteurs sur les oreilles et ne pouvaient pas l'entendre.

Il déglutit fort et positionna rapidement les

siens, voulant noyer sous le bruit les paroles d'Alabama ainsi que les émotions qu'elles avaient fait naître en lui.

Elle ne le connaissait pas. Il ne savait pas à quel point il était laid et brisé à l'intérieur, sans quoi elle n'aurait pas dit cela.

Il essaya vraiment de contenir les larmes qui menaçaient de couler. Il ne s'était pas senti désiré depuis très longtemps, et les mots d'Alabama manquèrent de briser le mur de briques qu'il avait érigé à l'intérieur de sa poitrine afin de tenir le monde à l'écart.

Le film commença et Tommy regarda les autres occupants de la voiture. Il voyait qu'Alabama et Abe discutaient en se tenant toujours la main. Brinique et Davisa étaient plongées dans leur film de sirènes et Gamjee ronflait non loin de là.

Tommy ferma les yeux. Pendant juste un moment, il fit semblant d'avoir à nouveau 5 ans, imaginant qu'il était dans la voiture avec ses vrais parents et qu'ils partaient en vacances, comme ils en avaient l'habitude. Avant la mort de sa mère. Avant que son père ne décide qu'il aimait la boisson et ses amis dégénérés plus que son fils.

Une main s'enroula autour de sa cheville et

Tommy ouvrit les yeux. Gamjee l'observait avec intensité.

La musique du film avait commencé et Tommy leva les yeux pour regarder. Il ne voulait pas penser à des trolls qui parlent, à ce qui lui était arrivé quand il vivait avec son père, ou au fait qu'une simple parole déplacée risquait de le faire expulser d'une famille de plus.

Il se perdit dans le film, reconnaissant de l'engourdissement qui s'était abattu sur son cœur.

CHAPITRE SIX

— Donne-le-moi ! ordonna Tommy à Davisa en tendant la main.

Ils se tenaient sur le patio spacieux de la maison de plage en compagnie de plusieurs autres enfants.

— Non ! rétorqua-t-elle immédiatement en plaquant le dernier morceau de pastèque contre sa poitrine.

— Tu as déjà eu deux morceaux. Je n'en ai eu qu'un. J'en veux ! cria Tommy en s'avançant vers la petite fille.

— Maman ! cria Davisa en se tournant et en courant jusqu'à la cuisine.

Les hommes étaient en pleine discussion près de l'avant de la maison. Celui qui s'appelait Wolf avait reçu un coup de téléphone et ils s'étaient rassemblés pour en parler à l'écart des femmes et des enfants.

Davisa débula dans la cuisine, Tommy sur ses talons. Elle courut derrière Alabama et commença à dévorer la tranche de pastèque aussi vite qu'elle en était capable.

— Oh là ! Doucement ! s'exclama Alabama en levant une assiette pleine de fruits hors de portée des enfants. Que se passe-t-il ?

— Elle est gourmande et elle ne veut pas parta-ger ! cafta immédiatement Tommy.

— Ce n'est pas vrai ! Il ne voulait même pas du dernier morceau de pastèque avant de m'avoir vue le prendre ! rétorqua Davisa.

Tommy fusilla Davisa du regard.

— Tu mens ! Tu savais que j'allais le manger. Tu ne voulais simplement pas que je le mange.

— Ouais !

— Bon, calmons-nous. Il y a plein de choses que tu peux grignoter, Tommy. Regarde, tu as une assiette pleine de fruits délicieux, et tu peux te servir en premier.

Alabama tendit l'immense assiette remplie de melon, de fraises, de framboises, de myrtilles et de cerises.

— Je ne veux pas de cette merde. Je voulais de la

pastèque, dit Tommy d'un ton belliqueux en croisant les bras.

— Pa-tèque, imita April en entrant dans la cuisine avec Summer.

Âgée de 2 ans, elle était présentement dans une phase où elle aimait répéter ce que disaient les gens autour d'elle.

— Est-ce que quelqu'un a parlé de pastèque ? demanda Summer en installant sa fille sur sa hanche.

— Non. Parce qu'il n'y en a plus. Cette idiote de Davisa a mangé le dernier morceau, gronda Tommy.

— Tommy, ce n'est pas gentil. Il y a plein d'autres choses à manger, le gronda doucement Alabama.

— Tu es trop gourmand, dit Brinique qui rejoignit la conversation.

Elle était dehors en train de jouer, mais elle avait suivi sa sœur à l'intérieur après avoir entendu la dispute sur le porche.

— Ta gueule, dit Tommy fermement à l'autre petite fille. Ça ne te regarde pas.

— Tommy ! dit Alabama d'un ton ferme en plissant les sourcils. Je t'ai dit quand tu as emménagé de ne pas prononcer ce genre de paroles.

— La ferme, la ferme, la ferme ! cria Tommy. Je déteste être ici ! Je te déteste, je les déteste ! C'est juste stupide ! Je peux dire ce que je veux, quand je veux ! La ferme, la ferme, la...

Ses paroles furent interrompues par une main immense qui lui recouvrit la bouche alors qu'Abe se précipitait vers sa femme.

Tommy lutta dans les bras de l'homme, essayant de s'échapper.

— Calme-toi, Tommy, dit rudement Dude qui se tenait derrière lui.

— Hum, marmonna l'enfant sous sa main.

Le colosse dans son dos se pencha et lui murmura à l'oreille :

— Je t'ai dit de te calmer. Regarde ce que tes paroles lui ont fait. Regarde.

Tommy leva les yeux vers Alabama, ne comprenant pas de quoi parlait Dude.

En un seul regard, il comprit que quelque chose n'allait vraiment pas chez celle qui avait toujours été tellement gentille avec lui.

Summer avait réussi à attraper l'assiette de fruits avant qu'elle ne touche le sol, et Alabama était à genoux au milieu de la cuisine, les bras enroulés autour d'elle en un geste protecteur, regardant dans le vide. Abe lui avait saisi les épaules pour la faire se tourner vers lui, et il se baissa pour essayer de la regarder dans les yeux. Son visage blanc comme un linge affichait une expression vacante et Tommy voyait que le corps tout entier d'Alabama tremblait de façon incontrôlable.

— Ma belle, regarde-moi, lui ordonna Abe. Ça va aller. Tu es ici avec moi, en sécurité. Reviens-moi...

Dude retira lentement sa main de la bouche de Tommy, mais ne le lâcha pas. Quand Tommy se débattit à nouveau, l'homme immense resserra sa prise et dit à voix basse :

— Non. Tu vas rester ici et voir ce que des mots irréfléchis peuvent faire aux gens. Ce que tes paroles imprudentes ont fait à l'une des femmes les plus gentilles que je connaisse.

Alabama leva les mains et se couvrit les oreilles. Puis elle commença à se balancer d'avant en arrière dans les bras d'Abe.

— Non, non, non, non.

— Calme-toi, ma belle... tu es en sécurité. Elle n'est pas là. Ouvre les yeux et regarde-moi, dit doucement Abe.

— Noir. Il fait tellement noir !

— Non, ce n'est pas vrai. On est en plein milieu de la journée. Ouvre les yeux, Alabama. Regarde le soleil. Tu n'es pas dans ton placard. Tu es ici avec moi, nos filles et nos amis. Tu es en sécurité et elle n'est pas là. Fais-moi confiance, ma belle.

Les yeux d'Alabama s'ouvrirent légèrement, même si elle garda les mains sur ses oreilles.

— C'est bien. Mon Dieu… j'aime tes beaux yeux gris. Tu vois ? C'est moi, Christopher. Ça va aller. Reviens-moi, maintenant.

Lentement, elle décolla ses mains de ses oreilles et lui saisit les biceps, le serrant si fort que ses jointures blanchirent. Puis elle plissa des sourcils confus.

— Christopher ?

— Oui, c'est moi. Reviens parmi nous.

Abe prit sa femme dans ses bras, plaçant une main derrière sa tête pour la disposer dans l'espace entre son cou et son épaule. L'autre vint s'enrouler autour de sa taille, l'attirant contre lui. Il se balança en la tenant dans ses bras.

— Maman ? dit Brinique d'un ton incertain.

— Venez ici, toutes les deux, leur dit Abe en tendant le bras qu'il avait enroulé autour de la taille d'Alabama.

Il maintint l'autre sur sa tête. Brinique et Davisa rejoignirent toutes les deux leurs parents, passant leurs petits bras autour d'Alabama et d'Abe du mieux qu'elles le purent. Tous les quatre se blottirent les uns contre les autres dans la cuisine.

Au bout d'un moment, Dude sortit lentement de la cuisine, tenant toujours Tommy dans les bras, laissant la famille Powers ensemble. Une fois dans le salon, le soldat lâcha enfin Tommy.

Le petit garçon s'éloigna et regarda les adultes qui se tenaient tous en silence autour de lui. Les femmes avaient l'air inquiètes. Les hommes semblaient contrariés. Tommy commença à trembler. Il ne comprenait pas ce qu'il venait de se passer, mais il savait que c'était sa faute.

— Je n'ai pas fait exprès, dit-il d'une petite voix tremblante en secouant rapidement la tête. Je voulais simplement le dernier morceau de pastèque... Je ne sais pas ce qui s'est passé.

Fiona et Caroline firent un pas vers lui, et Tommy recula davantage jusqu'à ce qu'il se retrouve dos au mur. Il était complètement terrifié. Qu'allaient faire tous ces adultes ? Allaient-ils lui faire du mal ? Le punir ? Sa respiration s'accéléra.

Les deux femmes s'agenouillèrent devant lui, pas assez près pour le toucher, mais se plaçant à hauteur d'yeux.

— Ça va, Tommy. N'aie pas peur. Elle va s'en sortir, dit doucement Caroline.

— Ça arrive, parfois. Abe va s'occuper d'elle, le réconforta Fiona.

— Mais...

Les larmes lui montèrent aux yeux, et il les

essuya impatiemment quand elles roulèrent le long de ses joues.

— Je ne sais pas ce qu'il s'est passé, répéta-t-il.

— Je crois qu'on a tous besoin de faire une pause, dit Benny d'un ton détendu. C'est l'heure de la sieste de notre côté. Alors pourquoi est-ce qu'on ne prendrait pas tous un moment pour nous ? Dans quelques heures, on pourra commencer à préparer le dîner sur le gril. C'est bon pour tout le monde ?

Les hommes hochèrent tous la tête et les femmes rassemblèrent leurs enfants avant de regagner leurs chambres.

Tommy regarda tout le monde quitter le grand salon, à part Caroline. Elle resta accroupie devant lui.

— Je sais que tu ne comprends pas ce qui s'est passé, mais je te suggère de rester un moment dans ta chambre. Je suis certaine qu'Alabama viendra vite te rassurer dès qu'elle le pourra. Ne t'inquiète pas. Ça va aller pour toi, Alabama va bien et Christopher est OK aussi. Tu n'es pas dans le pétrin.

— Comment pouvez-vous dire ça ? Je l'ai fait… vous savez, dit Tommy d'une voix tremblante.

— Je sais. Mais il faut aussi que tu saches que ni Alabama ni Christopher ne retiendront ça contre toi. Tout le monde commet des erreurs. Tu devrais interroger Christopher sur la grossière erreur qu'il a commise avec Alabama par le passé. Elle la lui a pardonnée parce qu'elle l'aimait beaucoup, tout comme elle t'aime, toi. Va te reposer un moment, Tommy. Détends-toi. Je suis certaine qu'ils viendront te parler plus tard.

— Est-ce qu'Abe va me faire du mal ?

— Oh, mon chéri, non ! Je sais que ça ne fait pas longtemps que tu vis avec eux, mais tu ne cours aucun danger. Ils sont peut-être déçus, mais ils ne te feront aucun mal. Ils t'ont accueilli chez eux dans l'espoir de te garder pour toujours.

Devant la surprise qui se lisait sur le visage maculé de larmes du garçon, Caroline hocha la tête.

— Oui, pour toujours. Je ne mens pas à ce sujet. Ils veulent une maison pleine d'enfants qu'ils peuvent aimer. Et ils t'ont choisi toi. Ça fait des années qu'ils n'ont pas accueilli d'enfants... tu sais pourquoi ?

Tommy haussa les épaules.

— Parce qu'ils t'attendaient toi.

— Moi ?

— Oui, toi. Ils auraient pu recueillir une foule d'enfants après avoir adopté Brinique et Davisa, mais ils voulaient attendre l'enfant qu'ils reconnaîtraient au fond d'eux comme celui qui leur était destiné. Et c'est toi.

— Mais… je suis trop vieux, protesta Tommy.

— Trop vieux pour quoi ?

— Pour être adopté ?

Cela ressemblait plus à une question qu'à une affirmation.

— Qui a dit ça ? Les autres familles avec lesquelles tu as été placé ? Des petits cons à l'école ? Tommy, je sais que tu ne veux pas me croire, mais écoute au moins ça : ils t'ont choisi. Ils veulent t'adopter. Tu es leur enfant. Et les parents ne font pas de mal à leurs enfants. Du moins les *bons* parents ne le font pas. Et Christopher et Alabama comptent parmi les meilleurs parents que tu pourras trouver. Alors, va te reposer un peu. Va dans ta chambre et donne-leur un peu de temps. D'accord ? Tout ira bien au dîner. Tu verras.

Tommy hocha la tête, même s'il ne savait pas s'il devait croire la ravissante femme qui était agenouillée devant lui. Mais il était soulagé de pouvoir rester à l'écart de tout le monde.

— Tu peux y aller.

Tommy regagna le couloir d'un pas léger et marcha à reculons vers la chambre qu'on lui avait donnée, ne voulant pas tourner le dos à la grande pièce. Il remarqua vaguement que Gamjee le suivait, visiblement pas affecté par ce qui venait de se produire dans la cuisine. Quand il parvint à la grande chambre, il entra rapidement et referma la porte dès que le troll se fut glissé à l'intérieur.

— Oh là là, petit Tommy, tu as le don de casser l'ambiance, le taquina-t-il d'une voix traînante.

— Je ne savais pas, répondit Tommy, sur la défensive.

Le troll haussa les épaules.

— Eh bien maintenant, tu le sais.

— Qu'est-ce que j'ai dit ?

— « La ferme ». Tu l'as répété, d'ailleurs. Alabama t'avait prévenu qu'elle n'aimait pas ces mots, mais tu les as quand même dits.

— Mais... ça ne voulait rien dire. Je le dis tout le temps. Tout le monde le dit tout le temps. Ce sont juste des mots.

— Pas pour elle, manifestement, dit doucement Gamjee.

Tommy, effrayé, balaya la grande pièce du regard.

— Il faut que je me cache.

— Quoi ? Pourquoi ? s'enquit le troll.

— Parce qu'Abe va vouloir me faire du mal ! Il m'avait demandé d'être respectueux et je ne l'ai pas été, dit Tommy, plus pour lui que pour répondre à la question de Gamjee.

Il alla se mettre derrière le fauteuil et le poussa de toutes ses forces jusqu'au pied du lit. Le meuble ne bloquait pas l'accès à l'espace tout entier, mais il faudrait qu'il fasse avec.

Il se redressa et regarda à nouveau autour de lui. Ne voyant pas d'autre meuble qu'il aurait pu déplacer, il se dirigea vers la commode. Il ouvrit le tiroir du milieu jusqu'à ce qu'il se déboîte et tombe par terre avec un bruit sourd, puis il le traîna vers le lit. Tommy le cala contre un côté du matelas, bloquant une partie de l'accès à l'espace en dessous.

Il fit plusieurs fois le trajet, apportant tous les tiroirs de la commode vers le lit et les empilant contre le cadre du lit. Quand il ne resta plus qu'un petit espace, il retira deux oreillers et la couverture posés sur le lit et les fourra dans l'espace en dessous. Puis il rabaissa le drap pour qu'il couvre l'interstice au pied du lit que le fauteuil ne protégeait pas.

Enfin, Tommy se glissa dessous et inséra les oreillers dans le passage qu'il avait utilisé pour se glisser sous le lit, s'enfermant dans ce grand espace à présent plongé dans l'obscurité.

— Que fais-tu ? demanda Gamjee d'une voix

étouffée en dehors du refuge que Tommy s'était fabriqué.

Comme l'enfant ne répondait pas, le troll répéta :

— Tommy ? Que fais-tu ?

— Je me cache.

— Je ne pense pas que ce soit une bonne cachette. N'importe qui peut entrer et deviner exactement où tu te trouves.

— Oui, mais ils auront du mal à m'atteindre. Je saurai qu'ils viennent me chercher quand ils déplaceront un des tiroirs, dit Tommy d'un ton neutre.

— Caroline a dit qu'Abe n'allait pas te faire de mal, lui dit Gamjee.

— Les adultes mentent. Il était vraiment en colère.

La voix de Tommy tremblait, autant de tristesse que de terreur.

— Je pense que tu devrais la croire. Particulièrement puisqu'elle t'a dit qu'ils t'avaient choisi.

— Non, s'entêta Tommy.

Gamjee secoua la tête comme s'il ne comprenait pas, puis il sauta sur le lit et s'assit, ses petites jambes dodues pendant par-dessus le rebord.

— Si tu veux bien, je vais rester un peu ici. Le matelas est bien plus confortable que le sol.

— Comme tu veux, répliqua Tommy, clairement pas convaincu.

Quand des reniflements lui parvinrent de sous le lit, Gamjee soupira. Il n'avait pas côtoyé beaucoup d'enfants humains, et il ne savait pas vraiment quoi dire ou faire pour que Tommy se sente mieux. Il était doué pour se battre contre les méchants et utiliser sa magie, mais pas vraiment pour consoler les petits garçons tristes. Il était là pour empêcher ce qui allait bientôt arriver de mal se passer... mais c'était une autre histoire.

Gamjee se disait que si Erasto avait été là, il aurait déjà trouvé le moyen de faire que Tommy s'arrête de pleurer. Mais il n'était pas mignon comme Erasto. Les enfants ne ressentaient pas le besoin de se blottir contre lui pour se sentir mieux.

Après un soupir, Gamjee s'assit en silence, balançant les jambes d'avant en arrière en attendant que Tommy arrête de pleurer.

CHAPITRE SEPT

Un peu plus tard, Caroline passa la tête dans la chambre de Tommy pour lui dire que le dîner était prêt.

— Je n'ai pas faim, lui dit-il.

— Ça ne fait rien. Il faut que tu viennes manger. Ou au moins t'excuser. Viens, je vais rester avec toi. Ça va aller, tu vas voir.

Tommy rampa hors de sa cachette à contrecœur, ne voyant pas le regard attristé que lui lança Caroline tandis qu'il faisait le tour des tiroirs. Il la suivit, les mains fourrées dans ses poches, la tête baissée, tandis qu'ils se dirigeaient vers l'immense salon. La table croulait sous des saucisses grillées, des steaks, des épis de maïs, des morceaux de pastèque, des pommes de terre et une assiette de brownies au chocolat.

Certains des enfants couraient un peu partout, et Dude, Cheyenne, Alabama et Abe remplissaient leurs assiettes de nourriture.

Sans se faire prier, Tommy dit rapidement :

— Je suis désolé. Je ne voulais pas être impoli.

Abe et Dude ne parurent pas impressionnés, mais Alabama et Cheyenne lui sourirent.

— C'est bon, Tommy, lui dit doucement Alabama. Je suis désolée si ma réaction t'a fait peur. Regarde, Christopher a tranché d'autres parts de pastèque.

Elle désigna le plateau couvert de gourmandises, et elle sourit sincèrement, quoiqu'avec une certaine prudence.

Voir ce fruit juteux serra le ventre de Tommy, et cette fois, ce n'était pas à cause de la boule noire visqueuse. Il se contenta de secouer la tête.

— C'est bon. Je vais juste manger une saucisse.

La conversation se poursuivit autour de lui durant le dîner, et Tommy essaya de contrôler les papillons qu'il avait dans le ventre. Il avait conscience d'avoir commis une grosse erreur, et il ignorait ce qui allait se passer plus tard. Il ne pensait pas qu'Abe soit le genre d'homme à laisser couler après un tel événement. Mais il ne le connaissait pas assez bien pour savoir ce qu'il allait lui faire.

Une fois la vaisselle effectuée, tout le monde s'installa dans le salon devant le grand écran de télévision. Quelqu'un avait mis un dessin animé et la plupart des enfants regardaient avidement. Les femmes parlaient entre elles à voix basse. Il avait remarqué que Gamjee se cachait sous la table, prenant les morceaux de nourriture que Brinique et Davisa faisaient tomber « par hasard » pour lui.

— Viens, fiston, dit doucement Abe, plaçant un bras autour de ses épaules. Allons dehors avec les garçons.

Tommy n'était pas certain de vouloir sortir avec Abe et ses amis, mais il hocha quand même la tête et le laissa le guider au-dehors sur le grand porche qui donnait sur l'océan.

Ce qui allait arriver... allait arriver tout de suite. Sur le porche, loin des femmes et des autres enfants. Tommy avait peur, mais il redressa l'échine et marcha d'un pas lourd à côté d'Abe. Il crut qu'il allait vomir, et si c'était le cas, la boule noire visqueuse sortirait de lui, mais il déglutit bruyamment, essayant d'être courageux.

Étonnamment, Gamjee se détacha de Davisa et de Brinique, qui lui donnaient toujours joyeusement tous les bons morceaux qu'il désirait, et il suivit le groupe.

Tommy se dit qu'il allait non seulement être puni, mais également que le troll qui se pensait tellement cool parce qu'il savait parler en serait témoin. Il se moquerait probablement aussi de lui après.

Les amis d'Abe lui faisaient un peu peur. Ils étaient grands et musclés, et Tommy voyait bien d'un seul regard qu'ils étaient dix fois plus mortels que les méchants messieurs que son papa invitait à la maison. Mais à la seconde où il commençait à paniquer à l'idée d'être parmi eux, un des bébés ou l'une des femmes entraient dans la pièce, et Tommy voyait ses hommes changer littéralement sous ses yeux. Leurs regards durs s'adoucissaient quand ils regardaient leurs femmes ou leurs enfants.

Mais c'était avant qu'il ne crie sur Alabama. Après la crise qu'elle avait eue. À présent, les hommes semblaient juste en colère... contre lui.

Abe l'emmena vers un groupe de chaises et ils s'y installèrent tous les deux. Tommy se percha sur le rebord de son siège. Ses doigts serrèrent fort les accoudoirs tandis qu'il attendait qu'il se produise quelque chose.

Les cinq autres hommes se répartirent sur des sièges disposés en demi-cercle autour d'eux. Aucun d'eux ne parla pendant un moment, et le suspense fit s'emballer l'imagination de Tommy. Il savait qu'il lui aurait été impossible de l'emporter physiquement contre ces six soldats. Une fois, il avait réussi à blesser un des hommes que son père avait laissés entrer dans sa chambre, mais il n'aurait rien pu faire pour échapper à ceux-là.

Il regarda autour de lui. Il n'avait nulle part où se dissimuler. Il aurait pu essayer de courir, mais Tommy avait la sensation que n'importe lequel de ces hommes ne mettrait guère de temps à le rattraper. Même s'ils étaient vieux, ils avaient l'air d'être en bonne condition physique.

La brise fraîche venue de l'océan caressa le visage de Tommy, et il inspira l'air salé. Il aurait aimé passer la soirée près de la mer, s'il n'avait pas eu terriblement peur de sa punition.

Mais au moment où il se sentit sur le point de craquer, Abe prit la parole :

— J'ai pensé qu'on pourrait tous parler un peu de nos épouses à Tommy, dit Abe en se calant contre le dossier de sa chaise comme s'il n'avait pas le moindre souci au monde. Il a besoin d'en comprendre un peu plus sur nous. Je crois qu'il pense qu'on a connu des vies faciles et sans galère, et que nous et nos femmes ne pouvons pas vraiment comprendre ce qu'il a traversé.

Abe se tourna vers Tommy.

— Ce que tu as vécu est affreux. Ne t'y trompe pas, Tommy. Je ne minimise en rien ce qui t'est arrivé et je ne le prends pas à la légère. L'homme qui aurait dû remuer ciel et terre pour te protéger a trahi ta confiance. J'ai simplement envie de te montrer que même si parfois, la vie est nulle, tu es capable de tout surmonter.

Tommy s'agita sur sa chaise, mal à l'aise. Les paroles d'Abe le prenaient par surprise. Il s'était vraiment attendu à ce qu'il lui crie dessus pour avoir répondu à Alabama plus tôt dans la journée, lui disant qu'il devait partir et regagner les services sociaux à la seconde où ils seraient rentrés à la maison.

Il ne voulait absolument pas aborder ce qui lui était arrivé avant d'être retiré à son père devant n'importe lequel de ces hommes. Il était brisé et sali, et s'ils ne l'appréciaient pas déjà, ils ne l'apprécieraient pas plus une fois qu'ils auraient découvert son histoire. Tommy n'avait pas non plus envie de savoir ce qu'ils tenaient à lui raconter. Il était impossible que les femmes insouciantes qui étaient restées à l'intérieur aient vécu quelque chose de comparable à ce qui lui était arrivé à lui. Impossible.

— Écoute, jeune Tommy, lui souffla Gamjee à côté de lui. Ne juge pas à l'avance. La première fois que tu m'as vu, tu as cru que j'étais une statue et que je ne pouvais pas parler. Je pense que tu seras surpris de ce que ces hommes ont à dire.

— D'accord, marmonna Tommy, gardant les yeux sur les vagues en ignorant le troll et les soldats qui l'entouraient.

Wolf ne tourna pas autour du pot.

— Caroline a failli être victime d'une bombe, puis on l'a kidnappée, harcelée, battue, poignardée, et jetée dans l'océan pour la noyer avant de lui tirer dessus.

Tommy en resta bouche bée et il leva les yeux vers Wolf, choqué :

— Vraiment ?

— Oui, mais elle n'a pas supplié pour qu'on l'épargne une seule fois. Elle a simplement continué à se battre, sans jeter l'éponge. C'est la femme la plus forte que je connaisse, même si elle ne le croit pas. J'ai appris à ne jamais la sous-estimer.

— Fiona a été kidnappée et vendue à des méchants pour qu'ils puissent coucher avec elle, dit Cookie sans détour. Je l'ai secourue, mais elle conserve encore des séquelles de ce qui lui est arrivé. Elle a peur quand elle voit quelqu'un qui ressemble à l'un de ses ravisseurs.

Tommy resta figé, puis il sentit que sa respiration s'accélérait, mais il ne fit rien pour la contrôler. Il perçut que Gamjee lui touchait le mollet, et étonnamment, ce simple contact parut le calmer, l'aidant à ne pas se sentir aussi seul. Sans détourner le regard de Cookie, il se mordit la lèvre et demanda :

— Ils l'ont touchée alors qu'elle ne voulait pas ?

— Oui, Tommy. Pendant longtemps. Des mois. Je ne savais pas qu'elle avait été enlevée, mais au moment où je l'ai découverte, sa force de caractère m'a impressionné.

— Comment est-ce qu'elle gère ? demanda Tommy.

Il avait vraiment, vraiment envie de connaître la réponse. C'était vital.

— Elle m'a, moi, ainsi que ses amies. On l'aime et on la soutient, et elle sait qu'elle est en sécurité avec nous, qu'on surveille ses arrières. Je ne vais pas te mentir : elle n'a pas été bien pendant un long moment. Elle se souvient toujours de ce qui s'est passé, et quand elle fait des cauchemars, je la tiens dans mes bras et je l'écoute m'en parler. Si elle ne veut pas parler, je la prends simplement dans mes bras et je la laisse pleurer. Je l'aime, Tommy. Je ferais n'importe quoi pour cette femme. N'importe quoi.

Tommy hocha la tête, mais avant qu'il ne puisse poser une autre question, Mozart prit la parole :

— J'ai rencontré Summer quand elle travaillait dans un motel à Big Bear Lake. Elle était femme de ménage. Je suis rentré chez moi pour le travail, mais quand je suis remonté dans la montagne pour lui rendre visite, elle vivait dans un débarras dans le jardin, sans électricité et sans eau courante. Elle était affamée et épuisée, mais elle ne voulait l'aide de personne. Pas même la mienne.

— Que s'est-il passé ? demanda Tommy en ouvrant de grands yeux.

Mozart sourit.

— Je l'ai convaincue d'accepter que je l'aide.

Puis il redevint sérieux.

— Quelqu'un a tué ma sœur quand elle avait environ ton âge, et cette personne a alors kidnappé Summer pour essayer de m'atteindre. Heureusement, je l'ai retrouvée à temps, et maintenant elle va bien.

— Qu'est-ce qui est arrivé à *votre* femme ? demanda Tommy à Benny, retenant pratiquement son souffle.

Ce dernier éclata de rire.

— Tu devrais plutôt dire que *m*'est-il arrivé. Son ex m'a assommé et m'a emmené au plus profond des bois dans un parc. Puis il a envoyé une photo de ma tête ensanglantée à Jessyka et lui a dit que si elle ne venait pas le retrouver, il me tuerait.

— La vache ! souffla Tommy.

— Tu peux le dire. C'est elle qui est venue à ma rescousse.

— Mais… elle est handicapée, protesta le petit garçon. Comment a-t-elle pu vous sauver ?

Les six hommes qui l'entouraient partirent tous d'un petit éclat de rire. Benny sourit alors à Tommy et lui dit :

— Ne la laisse jamais t'entendre dire que tu penses qu'elle est handicapée. Certes, elle est née avec une jambe plus courte que l'autre et elle boite, mais elle n'a jamais laissé personne lui imposer des limites. Elle est plus capable que certains membres de l'armée.

Tommy se tourna vers Dude… l'homme effrayant dont il ne souhaitait absolument pas provoquer la colère. Il lui avait fait peur plus tôt quand il avait plaqué sa main sur sa bouche, mais en y repensant, il devait admettre que cet homme immense ne lui avait pas fait de mal. Cette main sur son visage n'avait jamais été cruelle, et il ne l'avait pas secoué tandis qu'il l'immobilisait. Tommy avait réalisé à la seconde où il avait rencontré Dude qu'Abe n'aurait pas eu besoin de le prévenir de se montrer respectueux envers lui, sa femme ou sa fille. Tommy ressentait clairement le danger qui émanait de sa personne.

— Cheyenne s'est fait ligoter avec une bombe posée sur elle, pas une fois, mais deux, expliqua Dude succinctement et sans fioritures. Non seulement ça, mais quand on est allés à New York pour assister à une conférence, un autre membre de la même famille a décidé d'essayer de la faire exploser une troisième fois.

— Et vous l'avez sauvée ?

— Je l'ai sauvée, confirma Dude. Puis elle a failli mourir en donnant naissance à mon enfant. Écoute, je sais que la société dit aux garçons qu'ils doivent être robustes et forts, et ne penser qu'à eux-mêmes, mais je vais te le dire franchement : j'ai pleuré la première fois que j'ai vu Taylor. J'ai pleuré comme un bébé. Elle était vraiment parfaite, et je sais que Cheyenne et elle ont lutté pour qu'elle vienne au monde dans de bonnes conditions. Je donnerais ma vie pour elles. Je les protégerai de ceux qui voudraient les dénigrer, et je ferai tout ce qui est en mon pouvoir pour les rendre heureuses pour le reste de ma vie. Je suis plus grand et plus fort qu'elles, alors c'est à moi de m'assurer qu'elles soient en sécurité, putain !

Tommy se sentait un peu comme un adulte quand ces hommes juraient en sa présence. Ils le traitaient comme s'il était un adulte et non un petit garçon.

— Et si votre femme meurt ? Qu'est-ce que vous allez faire ? demanda prudemment Tommy. Vous ne serez pas constamment là pour la protéger. Elle risque d'avoir un accident. Ou alors quelqu'un viendra lui tirer dessus pendant qu'elle fait ses courses. Vous ne pouvez pas rester constamment à ses côtés tous les jours.

Le monsieur impressionnant le dévisagea et Tommy retint son souffle. Il n'essayait honnêtement pas d'être méchant, ne faisait pas exprès d'être une plaie. Il savait d'expérience que l'amour ne suffisait pas toujours à assurer la sécurité des autres. Il n'y avait qu'à voir ce qui était arrivé à son père après la mort de sa mère. Plus rien n'avait eu d'importance après, pas même son propre fils.

Dude se pencha en avant, mit ses coudes sur ses genoux et regarda Tommy dans les yeux.

— Tu as raison. Il arrive parfois des choses. Abe nous a un peu parlé de ce qui t'est arrivé dans ta vie.

Je ne sais pas quel genre d'homme était ton père...
Enfin, si, je le sais. Il était faible. Je ne dis pas ça par
méchanceté, Tommy, mais parce que c'est la vérité.
Tu veux savoir ce qui arriverait à Taylor si Cheyenne
se faisait tuer ? J'aimerais cette petite fille encore
davantage ; assez pour moi et Shy. Je continuerais de
tout faire pour la protéger. Je lui dirais que je l'aime
tous les jours et que sa mère l'aimait aussi. Je ne
ferais jamais, jamais rien qui puisse la blesser. Et si
pour une raison quelconque, je faisais une bêtise,
elle a cinq oncles qui vivent ici en Californie et un
autre à l'autre bout du pays, et ils veilleront sur elle.
Ils me botteront le cul et me forceront à me
reprendre en ce qui la concerne.

Il marqua un temps d'arrêt puis demanda :

— Tu comprends ?

Tommy hocha la tête et baissa le menton, réprimant ses larmes.

Abe s'exprima alors et Tommy fut soulagé qu'il
ignore les larmes qu'il essayait si désespérément de
contenir.

— Puis il y a Alabama, Brinique et Davisa. Il est
temps que tu entendes leurs histoires, gamin. Je sais
que tu en as glané un peu en passant, mais il faut
que tu saches tout ce qui s'est passé. Alabama va être
contrariée que je te le raconte... pas parce qu'elle a

honte de ce qui s'est passé, mais parce qu'elle pense que tu es trop jeune. Mais je sais que tu sauras gérer à cause de tout ce que tu as déjà vécu dans ta vie. Devant Dieu, j'aimerais que tu sois vraiment trop jeune. J'aimerais que tu ne penses qu'aux jouets que tu veux à Noël ou à ce que tu voudras commander à ce fast-food où l'on s'arrêtera demain en rentrant à la maison. Mais c'est dans le passé. Si tu ne veux pas savoir, si tu penses ne pas pouvoir le supporter... dis-le-moi tout de suite, et je te raconterai seulement quelques détails génériques.

Tommy regarda les autres hommes et déglutit, ravalant la boule noire qui lui remontait dans la gorge. Cela signifiait beaucoup pour lui qu'Abe le traite comme un adulte. Il ne le méritait probablement pas après ce qui était arrivé plus tôt, et Tommy savait d'instinct que ce qu'Abe allait lui dire serait horrible. Mais ça expliquerait ce qui était arrivé à Alabama dans la cuisine, et il avait besoin de connaître tous les détails.

— Je vais gérer, murmura-t-il à Abe.

Celui-ci amorça alors son récit :

— Brinique et Davisa vivaient avec leur mère, qui était accro à la drogue... un peu comme ton père. Leur histoire est tellement similaire à la tienne que c'en est presque étrange. La seule différence est que je ne pense pas que l'une comme l'autre, elles aient connu ce qu'est l'amour. Elles n'ont jamais connu leur père, et leur maman a toujours été méchante avec elles. Elles ont appris que les seules personnes sur lesquelles elles peuvent compter sont elles-mêmes.

» Les hommes ont commencé à les toucher sous leurs vêtements, et leur mère n'a rien fait pour les en empêcher. Brinique a protégé sa sœur du mieux qu'une enfant de 4 ans peut le faire. Heureusement, la police a eu vent de leur situation et les a tirées de là. Elles n'ont plus revu leur mère depuis ce jour-là… et je ne pense pas que ça leur fasse quoi que ce soit, simplement parce qu'elles n'ont jamais reçu le moindre amour de sa part.

— Ils n'ont rien fait de pire que de les… toucher ? demanda Tommy d'une petite voix.

Brinique avait déjà mentionné de méchants messieurs, mais il voulait avoir une clarification.

— Non, on ne pense pas. C'est difficile de tirer des détails à des enfants de cet âge, mais le médecin ne pense pas qu'on leur ait fait pire.

Tommy ravala à nouveau la boule qui lui serrait la gorge. Il avait entendu Brinique dire qu'elle avait été touchée, mais il fut soudain très content qu'elle n'ait pas connu pire. Il n'aurait souhaité à personne ce qu'il lui était arrivé. Jamais !

Il hocha la tête.

— Bon… Alabama, poursuivit Abe. Ma femme a grandi dans une maison où tous les jours, elle était rabaissée et traitée comme de la merde. Elle n'a pas connu son père non plus. Sa mère l'enfermait dans un placard pendant qu'elle faisait la fête pour qu'elle ne la dérange pas. Elle ne lui permettait de manger que de temps en temps. Et en plus, elle la frappait, lui donnait des coups de pied, des gifles. À chaque fois qu'elle ouvrait la bouche, elle se faisait frapper.

— Mais elle s'en est sortie et a été adoptée… non ? demanda Tommy.

— Non.

— Non ? Je ne comprends pas.

— Quand elle avait 12 ans, sa mère l'a frappée avec une poêle. Elle a été blessée si gravement que la police est enfin intervenue pour la placer en foyer d'accueil. Tout comme toi. Sauf que personne ne voulait la garder. Elle avait appris à se taire pendant son enfance, et même une fois qu'elle s'est retrouvée loin de sa mère abusive, elle ne disait rien. Elle n'essayait pas de se faire des amis et passait juste son existence à l'écart, à observer les autres.

Abe marqua un temps d'arrêt et regarda Tommy dans les yeux.

Celui-ci rendit son regard à cet homme qui se montrait si honnête avec lui, qui le traitait d'égal à égal. Il ne voulait pas aborder le sujet, mais il devait le faire.

— Qu'est-ce que j'ai dit aujourd'hui ? Qu'est-ce qui lui est arrivé ?

Abe se cala contre le dossier de sa chaise et se tourna vers l'océan sombre en poussant un soupir.

— Quand elle était petite, depuis l'âge de 2 ans environ, quand elle se retrouvait enfermée dans un placard, sa mère lui criait dessus. Alabama cognait à la porte, la priant de la laisser sortir parce qu'elle avait peur ou faim, mais sa mère continuait de crier. Encore et encore, elle entendait les mêmes mots. Et ils ont été répétés tant de fois qu'ils se sont implantés dans son cerveau. Un peu comme ton nom. Quand quelqu'un le prononce, tu réagis naturellement. Tu comprends ?

Tommy hocha la tête. Il avait la sensation de savoir de quels mots Abe parlait, mais il ne dit rien, sentant la nausée monter en lui.

— Quand on a commencé à sortir ensemble, elle m'a raconté ce qui lui était arrivé quand elle était petite, et je me suis senti mal pour elle, mais j'ai parfaitement compris. Puis j'ai fait une chose terrible. Si terrible que je remercie Dieu tous les jours de m'avoir donné une deuxième chance.

— Qu'est-ce que tu as fait ? murmura Tommy.

Abe se pencha en avant sur sa chaise, mit ses coudes sur ses genoux et tourna la tête afin de regarder Tommy dans les yeux. Ses mots étaient ternes et emplis de douleur.

— Je lui ai dit de la fermer.

Ces mots résonnèrent dans la nuit et Tommy inhala profondément.

— Alors qu'elle avait le plus besoin de moi, je lui ai dit de la fermer. Elle avait besoin de mon soutien et de mon amour, et je ne l'ai pas crue. Je lui ai dit de la fermer alors qu'elle essayait de m'expliquer ce qui s'était passé. Ces deux petits mots ont ravivé toute la douleur qu'elle avait subie en grandissant. C'était comme si j'étais sa mère, qui lui disait à nouveau de la fermer. J'ai failli la perdre, gamin. Il m'a fallu un bon bout de temps pour récupérer sa confiance, pour qu'elle s'ouvre à nouveau à moi et m'octroie une deuxième chance. Je ne suis pas certain de l'avoir méritée, mais Dieu merci, elle a fini par me pardonner.

» Comme je l'ai dit, ces deux mots la font se sentir à nouveau comme une petite fille. Impuissante et terrifiée. Quand elle les entend, elle ressent tous les coups de poing, tous les coups de pied, toutes les fois où sa mère l'a frappée. C'est pour cela qu'elle n'aime pas ces mots-là, et qu'elle t'a demandé de ne pas les utiliser.

» De ce que j'en comprends, le fait que tu lui aies crié ces mots aujourd'hui a ravivé trop de souvenirs. Elle se sentait mieux. Elle a suivi une thérapie, elle n'a plus de problèmes pour parler, elle aime discuter avec ses amies. Mais dernièrement, elle était stressée parce qu'elle veut que tu te sentes en sécurité. Alabama a envie de te protéger de tout ce qui pourrait te faire du mal. Alors aujourd'hui, c'était trop pour elle.

— Je ne l'ai pas fait exprès, murmura Tommy, ses yeux se remplissant de larmes et sa lèvre se mettant à trembler.

— Je le sais bien, et je n'avais pas fait exprès non plus quand j'ai dit ça il y a quelques années. Mais ça ne signifie pas que ces mots ne lui ont pas fait du mal, répondit Abe d'un ton prosaïque.

Sans mot dire, Tommy se redressa et courut vers la porte coulissante. Il tenta maladroitement d'ouvrir le loquet avant d'y parvenir d'un geste brusque.

— Tommy, attends ! ordonna Abe.

Le garçon l'ignora et se précipita dans la maison.

Titubant dans le salon, il se dirigea directement vers Alabama. Elle était assise sur le canapé et tenait Taylor, endormie, dans ses bras.

Tommy se jeta à genoux devant elle et enfonça son visage contre ses jambes. Passant ses bras autour, il fondit en larmes.

— Je suis désolé ! Je n'ai pas fait exprès. Je jure que je ne le dirai plus jamais ! Je promets !

Son corps tout entier était parcouru de sanglots entrecoupés de hoquets.

— Quoi… ? dit Alabama, abasourdie.

Les hommes avaient suivi Abe dans la pièce, et Dude se pencha et retira sa fille des bras d'Alabama.

Celle-ci posa ses mains sur le dos de Tommy pour le caresser.

— Calme-toi. Ce n'est pas grave, Tommy. C'est bon. Calme-toi. Respire.

Puis elle leva des yeux confus vers son mari.

— Que se passe-t-il ?

— Je lui ai expliqué pourquoi ses paroles t'ont fait du mal.

— Oh, Christopher…, dit tristement Alabama.

— J'ai conscience que tu ne voulais pas qu'il le sache, mais c'était nécessaire, dit Abe à sa femme. Et d'une, parce que j'ai besoin de te protéger. Je ne veux plus jamais qu'il le dise. Et de deux, parce qu'il doit réaliser qu'au sein de notre foyer, c'est toi qui es le mieux à même de comprendre ce qu'il a traversé.

Tommy garda la tête enfoncée dans le giron d'Alabama pendant qu'il pleurait.

— Viens, allons avec lui dans sa chambre, dit Abe en passant sa main sous le coude d'Alabama pour l'aider à se mettre droite.

Elle se releva, mais Tommy ne la lâcha pas. Alors elle se pencha et fit se redresser l'enfant qui coopéra et sauta dans ses bras. Alabama tituba sous son poids, mais Abe était là pour la soutenir et l'aider à porter Tommy.

Le garçon passa les mains autour du cou d'Alabama, et il enfonça son visage dans l'espace entre son cou et son épaule. Il croisa les chevilles au creux de son dos puis ils sortirent du salon pour aller vers la chambre de Tommy. Brinique et Davisa suivirent rapidement leurs parents, ne sachant pas ce qu'il se passait, mais voulant quand même être près d'Abe et d'Alabama.

La famille disparut dans le couloir, le petit troll difforme fermant la marche.

— Ça va aller ? demanda doucement Jessyka.

Benny vint se placer près d'elle et passa le bras autour de sa taille.

— Oui.

— Abe lui a tout raconté sur Alabama et ses enfants ? demanda Fiona.

— Oui. Il avait besoin de l'entendre. Particulièrement après ce qui s'est passé quand il lui a dit de la fermer cet après-midi, dit doucement Cookie.

— Ça va aller, proclama Caroline.

— Oui, j'y crois aussi, en convint Wolf.

Le groupe s'installa avec leurs enfants, chacun perdu dans ses pensées tandis qu'ils priaient pour qu'Abe et Alabama trouvent les mots justes pour aider Tommy à se sentir mieux. Le petit garçon n'avait pas connu une existence facile, et même si aucun d'eux n'avait apprécié ce qui s'était passé cet après-midi-là, ils savaient qu'Alabama était forte et si pleine d'amour qu'elle le lui avait déjà pardonné. À présent, il n'avait qu'à s'ouvrir à cet amour.

CHAPITRE HUIT

Tous les cinq étaient allongés sur le grand lit deux places. Tommy était installé entre Alabama et Abe. Brinique était recroquevillée contre Abe, et Davisa contre Alabama. Gamjee s'était installé dans un coin de la pièce... observant les humains.

— Pourquoi mon père m'a-t-il fait ça ? demanda Tommy à voix basse, détournant les yeux d'Alabama même s'il avait la tête posée sur son épaule.

Il sentait Abe le long de son dos, percevait sa respiration régulière. Tommy supposait qu'il aurait dû avoir peur d'être dans un lit avec un adulte, mais il réalisa enfin au plus profond de lui qu'Abe ne lui ferait jamais de mal.

— Je ne sais pas, murmura Alabama.

— Je veux dire... on était heureux ! Il nous

aimait, ma mère et moi. Je ne sais pas pourquoi il a tellement changé.

— Tommy, regarde-moi, lui ordonna doucement Abe.

Tommy se tourna sur le dos sans lâcher la main d'Alabama. Il leva la tête et vit le regard intense d'Abe le pénétrer.

— Je ne connais pas ton père, mais je crois qu'il vous aimait beaucoup, sa femme et toi. Parfois, la tristesse a un drôle d'effet sur les gens.

Tommy acquiesça sagement.

— Cela dit, il n'a aucune excuse, dit honnêtement Abe. Aucune. Je ne cautionne absolument pas ce qu'il t'a fait. C'est compris ?

Tommy hocha à nouveau la tête.

— Je fais un travail dangereux. Alabama et moi savons qu'à chaque fois que je pars, je risque de ne jamais revenir.

Brinique émit un son aigu et enfonça le nez contre l'épaule d'Abe.

— Je ne dis pas ça pour vous faire peur, se dépêcha-t-il de rassurer sa famille. Et je suis doué pour mon travail. Mais même si je risque d'être blessé quand je suis en mission, on peut aussi avoir un accident à la maison. Ou un accident de voiture. Ou bien n'importe lequel d'entre nous peut tomber malade.

J'essaye simplement de dire que cette vie est précieuse. J'essaye de vivre tous les jours comme si c'était mon dernier. Ça signifie dire à Alabama que je l'aime tous les jours. M'assurer que Brinique et Davisa... et maintenant toi, Tommy, soyez heureux et en sécurité. Parce qu'il risque toujours d'arriver des merdes.

— Christopher, protesta à nouveau Alabama.

— Pardon, ma chérie, dit Abe en souriant à sa femme d'un air désolé. Il risque d'arriver des *trucs*. Mais je vais te dire ce qu'il ne se passera jamais...

Il marqua un temps d'arrêt.

Tommy leva les yeux et regarda l'homme immense et imposant installé près de lui.

— Quoi ?

— Si Alabama devait mourir, je ne ferais jamais, jamais de mal à mes enfants. Je serais triste, dévasté, même. Je me soulerais probablement plusieurs fois avec mes potes. Mais je suis assez fort pour savoir que vous, les enfants, souffririez autant que moi. Et vous auriez encore plus besoin de moi. Et si je venais à mourir ? Si Alabama devait vous élever seule ? Elle ferait la même chose.

Les yeux de Tommy se posèrent sur Alabama. Elle regardait Abe comme s'il venait de lui offrir le soleil et la lune. Il le reconnut parce qu'il avait souvent vu la même lueur dans les yeux de sa mère avant sa mort.

— Pour répondre à ta question, Tommy, poursuivit Abe, je ne sais pas pourquoi ton père a agi comme ça. Mais c'était un idiot.

Tommy haussa des sourcils surpris.

— Je ne comprends pas.

Abe se déplaça pour libérer une main qu'il fit courir sur le sommet du crâne de Tommy.

— Il avait la meilleure partie de sa femme a ses côtés, et il ne le voyait pas.

— Quoi donc ?

— Toi, Tommy. Il t'avait toi.

Les yeux de Tommy se remplirent à nouveau de larmes et il lutta pour les contenir.

— Il me manque. Pas l'homme puant et effrayant qu'il était quand je suis parti, mais celui qu'il était avant.

— Je sais.

— Notre maman ne nous aimait pas, dit tristement Davisa, installée près d'Alabama. Pourquoi ? Est-ce qu'on a fait quelque chose de mal ?

— Oh, ma chérie, lui répondit Alabama sur le même ton. Ce n'était absolument pas à cause de vous. Certaines personnes ne sont simplement pas faites pour être parents. Comme ma mère, par exemple.

— Ta mère était aussi méchante que la nôtre, dit Davisa.

Ce n'était pas une question.

— Oui, c'est vrai. Mais ça ne signifie pas que personne ne pouvait m'aimer. Vous voulez savoir comment je le sais ?

— Oui.

— Grâce à votre père. Et vous. Et mes amis dans cette maison. Juste parce qu'une personne ne vous aime pas ne signifie pas que vous n'êtes pas aimable. Cela signifie simplement que c'est l'autre personne qui a un problème. Pas vous.

Davisa hocha la tête et se blottit à nouveau contre Alabama.

Soudain, les trois enfants pouffèrent doucement.

— Quoi ? s'enquit Abe.

— Gamjee essaye de faire semblant de ne pas pleurer, expliqua Tommy.

— Ton ami imaginaire ? demanda Abe en souriant. Cool.

Enfin, les enfants s'endormirent et Alabama se tourna vers Abe.

— Il me brise le cœur.

Le puissant soldat d'élite sourit.

— Tu as dit la même chose la première semaine qu'on a eu Brinique et Davisa.

Alabama sourit faiblement.

— Ça n'a pas changé. Tu crois qu'il va s'en sortir ?

— Oui, lui répondit immédiatement Abe. Il est intelligent. Il va s'en sortir avec notre aide. Il a rendez-vous la semaine prochaine avec la psychologue pour enfants. Elle l'aidera aussi.

— Je t'aime. Et pour que ça soit clair… tu n'as pas le droit de mourir avant très longtemps !

Abe sourit à sa femme.

— C'est la même chose pour toi, murmura-t-elle.

Ils se penchèrent et s'embrassèrent maladroitement au-dessus de Tommy qui s'était endormi.

— Endors-toi, ma belle. Les choses iront mieux demain matin. Je le sens.

Durant la nuit, Gamjee quitta la chambre et se dirigea vers le grand salon. Le temps lui était compté et il devait établir un plan. C'était un sujet particulièrement sensible, et le roi Matuna lui avait dit qu'il était impératif que Gamjee réussisse. Tommy était destiné à des choses importantes dans le futur, et Gamjee avait terriblement peur d'échouer.

Il ferma les yeux et quelques secondes après, il sentit son roi dans sa tête.

— Vous croyez qu'il va comprendre quand ça va arriver ? demanda Gamjee.

— Je crois que oui, répondit le roi Matuna. Après ce soir, il possède de meilleures bases et sait qu'Alabama et Abe veulent ce qu'il y a de mieux pour lui.

— Sinon, ça pourrait mal se terminer, songea Gamjee.

— Il s'en sortira. J'ai confiance en lui. Et en toi, le gronda à moitié son roi.

— J'ai peur qu'il n'ait pas eu le temps de vraiment intégrer et ressentir leur amour.

— Il a connu une existence terrible et on ne peut rien y faire, dit le roi Matuna. Mais il est intelligent. Il reconnaît la bonté quand il la voit. Et Abe a bien fait de lui parler des autres femmes, d'Alabama, de Davisa et de Brinique. À tout le moins, il fera le nécessaire afin de les protéger. Et puis... il t'a toi.

Pour la première fois depuis vraiment très longtemps, Gamjee se sentit rassuré sur sa mission. Oui, le petit Tommy l'avait à ses côtés ! Il n'était pas le meilleur ami imaginaire du monde, et certainement pas celui qu'auraient souhaité la plupart des enfants, mais en fin de compte, le petit Tommy l'avait accepté. Il aurait pu le bannir à Cuculand d'une simple pensée, mais il ne l'avait pas fait. Il était toujours là, ce qui signifiait que Tommy souhaitait sa présence.

— Je ne vous décevrai pas, assura Gamjee à son roi.

— Je n'en doute pas, répondit Matuna.

Gamjee hocha la tête.

— Je suis prêt.

Puis aussi soudainement que son roi était apparu dans sa tête, Gamjee se retrouva à nouveau seul. Il retourna dans la pièce où se trouvaient tous les humains et regarda Tommy. Le petit garçon était profondément endormi, et pour la première fois depuis son arrivée, ce n'était pas Gamjee qui s'assurait qu'il fasse de beaux rêves.

— Dors bien, Tommy. Les jours qui viennent vont être mouvementés, dit le troll à voix basse.

CHAPITRE NEUF

Le dimanche matin à la plage se passa sans accroc. Enfin, autant que faire se peut dans une maison remplie d'un groupe de meilleurs amis et de leurs enfants. Tommy, plus calme qu'à l'accoutumée, prit le temps d'observer tous les couples ensemble. Avoir appris ce qu'avaient traversé les femmes lui avait ouvert les yeux. Il avait ressassé ce qui lui était arrivé pendant si longtemps qu'il se sentait presque mieux à l'idée que d'autres personnes aient connu les mêmes épreuves.

Elles ne les avaient pas seulement « connues » ; elles y avaient survécu. Certes, il ne se réjouissait pas à l'idée que d'autres personnes aient traversé les mêmes drames que lui, mais quand il voyait à quel point Fiona semblait heureuse... ainsi que Brinique,

Davisa et Alabama. C'était presque… libérateur. Cela lui donnait l'espoir qu'un jour, il puisse être heureux à son tour.

La boule noire gluante ne l'avait pas quitté, mais elle semblait s'être réduite. Elle ne l'étouffait plus… ou du moins plus en permanence, comme avant.

Sur le chemin du retour, Tommy se promit en silence d'être un meilleur frère. Un meilleur enfant en général. La fin du film *La Morsure du lézard* lui avait permis de se rendre compte d'autre chose : que ce qui était destiné à arriver arriverait. Il ne se passait rien par hasard. Bien sûr, au début du film, le garçon se faisait arrêter pour avoir volé des chaussures alors qu'il n'avait rien fait. Mais tout ce qui lui était arrivé après, même si c'était terrible, devait arriver afin de lui permettre de trouver le bonheur. Le message du film l'avait vraiment touché.

Une fois rentrés à la maison, Tommy aida à décharger la voiture au lieu de rentrer dans la maison en faisant la tête. Il remercia Brinique quand elle lui tendit sa valise. Puis il aida Davisa à porter la glacière dans la maison. Et quand Alabama lui demanda d'arroser les plantes, il s'exécuta sans protester.

Abe avait remarqué son changement attitude et

le félicita ce soir-là quand il vint le border dans son lit.

— Je suis fier de toi, gamin.

— Pourquoi ?

— Tu fais des efforts. J'apprécie. Tu n'as aucune idée de ce que cela signifie pour Alabama. Et pour moi aussi.

Tommy haussa les épaules.

— J'ai réfléchi à tout ce que tu m'as dit ce week-end. Et... je suis désolé d'avoir été aussi méchant.

Abe posa une main sur son épaule.

— Je comprends. Sincèrement. Mais tu as toujours le choix, et j'ai l'impression que tu as déjà choisi. Je suis vraiment ravi que tu l'aies fait. Dans la vie, tous tes actes sont une affaire de choix. La façon dont tu réagis face à ce qui t'arrive, ce que tu dis, ce que tu fais, tous tes efforts. Tu es parfaitement en droit d'être contrarié et en colère à propos de ce qui t'est arrivé. Mais tu as aussi le choix d'essayer de laisser ces choses-là derrière toi et d'avancer. Tu veux connaître la différence entre un échec et un succès ?

— Quoi donc ? demanda Tommy d'une petite voix.

Cela faisait longtemps qu'il n'avait pas entendu une personne lui dire qu'elle était fière de lui. Cela lui mettait du baume au cœur et le réconfortait. Et la boule noire qui avait élu résidence au creux de son ventre se réduisit quasiment à néant. C'était presque comme si elle avait à présent la taille d'un petit pois au lieu d'un ballon de basket.

— Ne pas abandonner et prendre les bonnes décisions, lui répondit Abe en lui pressant doucement l'épaule. Malheureusement, faire le bon choix n'est pas toujours facile. Et parfois, on est un peu perdu. Mais je crois que tu es sur le droit chemin.

Abe le serra affectueusement contre lui et se dirigea vers la porte. Mais avant de sortir, il s'arrêta et se retourna.

— Tu devrais savoir, Tommy, qu'Alabama et moi avons envie de t'adopter. On veut que tu deviennes un membre permanent de notre famille. On ne t'aurait pas accueilli chez nous si on n'en avait pas envie. On n'a pas besoin de l'argent que l'État nous donne pour t'héberger. D'ailleurs, il va directement dans un compte en banque afin que tu puisses t'en servir quand tu seras adulte. Mais j'ai pensé qu'il fallait que tu le saches. Certes, c'est rapide et on ne pourra pas t'adopter tout de suite. Mais on aimerait vraiment plus que tout que tu deviennes Tommy Powers. Souviens-t'en quand tu prendras ces décisions. On ne t'abandonnera pas, et on espère que tu compteras sur nous aussi.

Puis, sans lui donner l'occasion de réagir, Abe referma la porte derrière lui, laissant Tommy à ses pensées.

Lundi et mardi, Tommy essaya très fort de prendre de meilleures décisions. Ce n'était pas facile. Abe l'avait prévenu, mais il faisait des efforts. Il était toujours en colère à propos de ce qui lui était arrivé, toujours déboussolé et contrarié par son père. Mais les regards chaleureux que lui adressait Alabama quand il disait « s'il te plaît » et « merci » l'aidaient vraiment à apaiser la bête à l'intérieur de lui.

Quand Abe lui donna une tape dans le dos et dit : « merci de t'occuper de toutes les filles pendant que je suis au travail », il eut l'impression d'être un géant.

Et puis c'était sincèrement difficile d'être ronchon en présence de Gamjee. En vrai, le troll était plutôt rigolo. Il laissait souvent échapper des jurons et Tommy savait que si Alabama avait pu les entendre, cela l'aurait contrariée. Ils parlaient constamment de Cuculand, dans le Maine, d'où le troll était originaire, et il lui faisait des récits drôles et fantastiques sur ce qui se déroulait dans leur petite ville.

Tommy lui avait demandé de lui montrer où se trouvait Cuculand sur la carte. Cela dit, Gamjee avait refusé, prétextant que si les gens apprenaient que c'était une ville fantastique, ils voudraient tous s'y installer, et l'endroit ne serait plus aussi extraordinaire.

Gamjee avait poursuivi en disant que ce n'était pas un lieu que les humains pouvaient visiter facilement, mais Tommy aurait aimé pouvoir y aller quand même. Apparemment, il s'y passait plein de choses folles... et il aurait aimé voir certains des autres amis imaginaires que les enfants invoquaient.

— J'aimerais bien que tu puisses venir à l'école avec moi, dit Tommy à Gamjee un soir. Ça serait tellement plus cool avec toi.

— L'école ? Pas question, dit le troll d'un ton méprisant.

— Mais tu pourrais jeter un œil dans toutes les petites boîtes à déjeuner le matin. Et même te prendre un en-cas quand les cuisinières ont le dos tourné, le taquina Tommy avec un sourire.

— Hum, ça a son attrait, mais je sais ce qu'il se passe à l'école, dit Gamjee. Il faut rester assis. On ne parle pas. On fait des maths. On lit. Non, merci ! Je préfère rester à glander ici le temps que tu reviennes.

— J'ai une question, dit Tommy qui s'assit en tailleur sur son lit, les coudes sur les genoux, son menton dans sa main.

— Vas-y.

Gamjee lui adressa un signe lui indiquant de poursuivre.

— Pourquoi Brinique, Davisa et moi sommes-nous les seuls à pouvoir te voir et t'entendre ? Je veux dire que ce serait cool si les autres enfants, ou même Abe et Alabama pouvaient vous voir aussi.

Gamjee hocha la tête et dit :

— Je vais t'expliquer. Mon espèce n'interfère généralement pas avec le monde des humains. C'est une règle. Certes, on rend visite aux gens pour les aider à se sentir mieux pendant un petit moment, mais on ne reste jamais longtemps et on ne se révèle jamais à personne d'autre qu'à l'humain qu'on est venu voir. Mais j'ai eu une permission spéciale pour que Brinique et Davisa puissent me voir aussi.

— Pourquoi ?

Pourquoi ? Oui... Sachant qu'il ne pouvait pas le lui révéler, Gamjee détourna la conversation.

— Hormis le fait que j'essaye de remporter le droit de revoir mon ami Erasto. C'est plus facile si elles peuvent me voir. Écoute, tu es un petit garçon spécial et je voulais m'assurer que tu comprennes à quel point Abe et Alabama sont des gens extraordinaires. Et le temps est meilleur ici en Californie du Sud que dans le Maine, lança-t-il en riant.

Tommy parut confus.

— Mais pourquoi moi ?

— Parce que tu es destiné à devenir une personne très spéciale et importante dans le monde des humains, Tommy, lui dit sérieusement Gamjee.

— Moi ? répéta l'enfant en secouant la tête. Je ne suis pas important du tout. Tu sais ce qui m'est arrivé. Je suis… souillé.

Le troll ne détourna pas les yeux de Tommy.

— Non, ce n'est pas vrai. Ce sont les hommes qui t'ont fait du mal qui le sont. Je ne peux pas te révéler ce que tu feras plus tard qui va changer le destin de tous les humains de ce pays, mais tu dois me croire sur parole. Je suis ici pour m'assurer que tu aies cette opportunité. Pour t'aider à réaliser à quel point tu es vraiment spécial.

— Je ne comprends pas, murmura Tommy.

— C'est comme le film *La Morsure du lézard*, essaya d'expliquer Gamjee. Tout ce que tu fais a des conséquences. Parfois, on met des années à comprendre ce qu'on a fait à quelqu'un. C'est un peu pareil en physique. Pour chaque action, il y a une réaction égale et opposée, dit Gamjee.

— Hein ? répondit Tommy en plissant un front confus.

— Tu sais, la troisième loi de Newton, dit impatiemment le troll.

— Euh, non, aucune idée.

— Flûte, j'avais oublié. Tu n'as que 10 ans. Tu ne l'apprendras pas avant plusieurs années. Quoi qu'il en soit, tout ce que je veux dire est que les choses qui arrivent aujourd'hui auront un impact sur ce qui se produira plusieurs années dans le futur.

Tommy hocha lentement la tête.

— Tu veux dire... si je suis vraiment méchant et que je me comporte comme un connard, et qu'Alabama et Abe décident de ne pas me garder ? Ça voudrait dire que quelque chose de bien qui me serait arrivé dans le futur risque de ne plus m'arriver ?

— Exactement.

Gamjee adressa un grand sourire de troll à Tommy.

— Alors tu es ici parce que tu veux que je sois gentil ?

Gamjee soupira.

— Pas exactement. Écoute, ça n'a pas grande

importance. Mais il faut que tu saches que je ne serai pas là éternellement. D'ailleurs, je vais bientôt rentrer à Cuculand. Le temps qu'il me reste ici est presque écoulé.

— Tu pars ? Mais… je ne veux pas que tu partes… Ça me plaît de te parler, bouda Tommy.

— À moi aussi. Alabama est tellement adorable ! Et j'adore tout ce qu'elle nous prépare à dîner. Mais ma place est à Cuculand, tout comme ta place est ici à Riverton avec Alabama, Abe et tes sœurs.

Tommy dévisagea Gamjee.

— Mes sœurs ?

— Oui, Brinique et Davisa.

— Je ne les avais pas considérées comme ça, dit Tommy.

— Je tiens de source sûre qu'elles te voient comme leur frère, dit Gamjee. Pas plus tard qu'aujourd'hui, Brinique a parlé en bien de toi. Elle a dit qu'elle avait un nouveau frère aîné.

— Vraiment ?

— Oui. Elle a dit à un garçon dans sa classe que s'il n'arrêtait pas de lui tirer les cheveux, son grand frère allait venir le taper.

Tommy regarda le troll d'un air ébahi alors qu'il digérait ses paroles.

— Je suis leur grand frère.

— Oui...

Gamjee étira le mot, comme pour dire « qu'est-ce que tu croyais ? »

— Et je suis plus grand qu'elles. Je peux les protéger si elles en ont besoin. Elles n'ont encore jamais eu de grand frère. Particulièrement Brinique. Elle a toujours dû protéger Davisa, mais personne n'était là pour la protéger *elle* de sa mère et des méchants messieurs.

— C'est vrai, en convint Gamjee.

— Et moi, j'ai Abe pour me protéger.

— Je crois que tu commences enfin à comprendre, dit le troll.

Tommy posa la tête sur son lit et regarda le plafond, les paroles du troll tourbillonnant dans son cerveau. Mais ce qui le marquait le plus était qu'il était un grand frère. Quelqu'un avait besoin de lui.

Il se souvint des paroles de Dude. C'était son travail de veiller sur sa femme et son enfant parce qu'il était plus grand et puissant qu'elles. Il pouvait le faire pour Brinique et Davisa. Il pouvait être leur protecteur.

Pour la première fois depuis un long moment, Tommy eut un déclic. Depuis la mort de sa mère, il s'était senti perdu. Rejeté. Comme s'il était tout seul. Mais soudain, il ne l'était plus.

Tommy tourna la tête et regarda le troll qui lui rendit tranquillement son regard.

— Tu vas me manquer.

— Tu vas me manquer aussi, lui dit Gamjee. Mais tu vas être vraiment occupé à devenir l'homme important que tu es destiné à être. On se reverra peut-être un jour.

Tommy hocha la tête.

— Un jour, je viendrai à Cuculand. J'ai envie de rencontrer le roi Matuna et ton ami Erasto.

— J'ai hâte, jeune Tommy, lui dit solennellement Gamjee. Ce sera un honneur de te recevoir.

CHAPITRE DIX

Le mercredi s'était bien passé. Mais le jeudi, pas trop. Tommy n'avait pas eu envie de parler au psychologue. Alabama lui avait dit qu'il n'y avait pas de mal à discuter de ce qu'il lui était arrivé. Pour autant, à chaque fois qu'il en parlait, la boule gluante noire dans son ventre croissait et menaçait de remonter dans sa gorge pour l'étouffer.

Alors il avait été grognon à l'école avant le rendez-vous. Il avait raté un contrôle parce qu'il avait refusé de le faire et n'avait rien écrit. Il avait ignoré son institutrice lorsqu'elle lui avait demandé d'arrêter de discuter. Il avait frappé un garçon sur le bras pendant la récréation quand il n'avait pas voulu lui donner le ballon. Et il avait refusé de parler à

Alabama dans la voiture, en route vers le cabinet du médecin.

Cela dit, le rendez-vous ne s'était pas si mal passé. La femme à qui il était censé parler était gentille et ne l'avait pas forcé à aborder des sujets qui le mettaient mal à l'aise, mais Tommy restait sur les nerfs. Songer à ce que ces méchants messieurs lui avaient fait, ce que son père les avait laissé faire, était effrayant.

— Je sais que c'est difficile de parler de ce qui t'est arrivé, Tommy, avait dit le docteur d'une voix douce. Et ça ne deviendra peut-être jamais plus facile. Mais je te promets que tout ce que tu me diras ne sortira pas d'ici. C'est un endroit sûr pour toi.

— Vous n'en parlerez pas à Abe ou Alabama ? demanda Tommy.

C'était ce qu'il craignait le plus. Il ne voulait pas qu'ils sachent précisément ce qui s'était déroulé. Il savait qu'ils seraient probablement compréhensifs, mais c'était trop embarrassant, et il voulait qu'ils le voient *lui* quand ils le regardent, et pas ce que les hommes avaient fait.

— Non, l'avait rassuré le médecin. C'est à toi de décider ce que tu souhaites leur révéler. Mais tu peux me demander tout ce que tu veux à ce sujet. Je serai toujours honnête avec toi. Même si c'est dur à entendre.

Tommy avait hoché la tête, ressentant d'autant plus de respect pour la femme assise sur la chaise en face de lui. Il détestait qu'on le traite comme un bébé.

— J'aurai peut-être quelque chose à vous raconter la prochaine fois, concéda-t-il.

— Peut-être, accepta le docteur avec un sourire.

Il n'était pas exactement de bonne humeur quand ils avaient quitté le cabinet, mais la boule noire dans son ventre s'était réduite à une taille raisonnable.

— Tu veux qu'on aille manger une glace ? demanda Alabama sur le chemin de la maison.

Tommy secoua la tête.

— Non. C'est bon.

— Tu es sûr ?

— Oui. Ça ne serait pas juste si j'en avais une, mais pas Brinique et Davisa.

Alabama parut surprise de sa réponse, mais elle lui adressa un large sourire.

— C'est très gentil de ta part, Tommy. Je suis certaine qu'elles seraient tristes si elles n'en avaient pas, même elles n'ont pas eu à faire la chose difficile que tu as faite aujourd'hui. Et si on sortait tous après dîner ? Tu ne le sais pas encore, mais la glace est un des desserts favoris de Christopher.

Il sourit à Alabama.

— Super.

— Je suis contente que tu sois là, Tommy, lui dit Alabama.

— Moi aussi.

Et il ne mentait pas. Tommy ne savait pas comment il avait eu la chance d'avoir Alabama et Abe Powers en tant que parents d'accueil, et peut-être davantage... Il n'était pas encore prêt à admettre cette possibilité, même si Abe lui avait déjà révélé qu'ils avaient envie de l'adopter, mais il n'allait pas s'en plaindre. Il savait reconnaître quelque chose de positif quand il le voyait.

Ils s'engagèrent dans l'allée de leur maison et Alabama lui dit :

— Brinique et Davisa seront bientôt rentrées. Caroline est allée les chercher à l'école et les ramènera dans une demi-heure environ.

Elle s'interrompit, puis inspira profondément et poursuivit :

— Je suis fière de toi, Tommy. Et j'espère que tu ne te sens pas mal à l'idée de parler à quelqu'un. Je trouve encore ça utile, parfois. C'est bien de pouvoir parler à quelqu'un de ce que je ressens sans avoir à craindre que mes paroles blessent l'autre personne. J'aime Christopher de tout mon être, mais si je lui racontais certaines des choses qui me trottent dans la tête, il voudrait s'en occuper pour moi... et il me traiterait différemment. Et ce n'est pas ce dont j'ai envie. J'ai envie que mon mari me perçoive comme quelqu'un de fort et de capable, même si je n'ai pas toujours l'impression de l'être... tu comprends ?

— Oui, je sais, lui dit Tommy.

Et c'était vrai. Il voulait être normal et qu'on le considère comme tel, mais au plus profond de lui, ce n'était pas vraiment ce qu'il ressentait. Plus il y pensait, plus il se rendait compte qu'Alabama avait raison. C'était peut-être bien d'être en mesure de parler à quelqu'un qui ne le connaissait pas vraiment. Qui ne vivait pas avec lui tout le temps.

— C'est bien. Rentrons pour aller grignoter quelque chose. Tu peux jouer un peu dans ta chambre et quand Brinique et Davisa rentreront, vous pourrez tous aller dehors pour respirer un peu avant de faire vos devoirs.

— D'accord.

Tommy descendit de la voiture et suivit Alabama à l'intérieur. Pour la première fois depuis très longtemps, il avait une vision positive de sa vie.

. . .

Quarante minutes plus tard, Tommy était assis sur les marches qui menaient à la porte d'entrée et il regardait ses *sœurs* s'amuser avec Gamjee. Ils jouaient au chat et à la souris. Gamjee essayait d'échapper aux petites filles qui tentaient de l'attraper. Tommy ne savait pas comment il y parvenait, puisqu'il n'était pas seulement bouboule, mais il avait également des petites jambes qui ne semblaient pas lui donner la possibilité de se déplacer très rapidement. Mais quelque part, ni Brinique ni Davisa ne semblaient capables de l'attraper.

— Ce n'est pas juste !

— Tu triches !

— Attrape-moi si tu le peux !

Les voix joyeuses résonnaient à travers tout le jardin, et Tommy rit de leurs pitreries. Cela faisait longtemps qu'il n'avait pas ri de quoi que ce soit. Du moins en avait-il l'impression.

Il se redressa pour aider ses sœurs et se joindre aux activités quand une voiture bleu foncé s'arrêta devant la maison.

Comme au ralenti, Tommy vit son père émerger du siège passager en laissant la portière grande ouverte, puis se diriger vers lui à grands pas.

Il ne comprenait pas comment il était là... alors qu'il était censé être en prison.

Tommy recula aussi rapidement qu'il le put, s'emmêlant les pieds et s'écroulant sur le derrière.

Son père était dressé devant lui, les mains sur les hanches, et il le fusillait du regard.

— Lève-toi. Il est temps que tu retrouves ta place.

La grosse boule noire dans le ventre de Tommy enfla, bloquant ses poumons, lui rendant la respiration difficile et la parole impossible. Il secoua la tête. Non, il ne voulait pas aller avec cet homme.

Le père qu'il connaissait autrefois avait disparu. L'homme qui se tenait devant lui était maigre, bien plus que la dernière fois qu'il l'avait vu. Ses cheveux gras tombaient mollement sur ses oreilles et son cou, et il arborait même un étrange tatouage noir sur le bras alors qu'il n'en avait pas autrefois.

Il tendit une main vers Tommy et celui-ci remarqua qu'elle était maculée de crasse, avec du noir sous les ongles.

— Je t'ai dit de te lever, répéta son père.

— Laissez-le tranquille ! lui ordonna Brinique.

Elle était venue se placer à côté de Tommy, et elle fusillait du regard l'homme qui se dressait devant son frère.

— Oui ! Il est à nous. Vous ne pouvez pas le prendre !

Les paroles de Davisa étaient réconfortantes, mais Tommy n'avait pas le temps d'en profiter. Il s'écarta davantage de l'homme, sachant que l'herbe était probablement en train de salir son pantalon, mais il décida qu'Alabama le lui pardonnerait probablement quand elle apprendrait comment il s'était sali.

Au lieu de continuer à lui tendre la main, son père fit une chose à laquelle Tommy ne s'attendait pas.

Il se tourna vers Davisa et l'attrapa par le bras, le tirant vers le haut jusqu'à ce que la petite fille se retrouve sur la pointe des pieds. Elle gémit de douleur tout en essayant d'échapper à la prise qu'il maintenait fermement sur son bras.

— Bon, alors je vais la prendre, elle. Je connais des hommes qui aimeraient baiser une chatte noire.

Tommy ne savait pas ce que sa sœur avait à faire avec des chats, mais quoi que cela puisse signifier, cela ne présageait rien de bon.

— Laisse-la tranquille ! Je vais venir avec toi !

Il se redressa rapidement, essayant de ravaler la boule gluante noire qui était remontée plus haut dans sa gorge.

Mais son père tendit les bras vers Brinique. La fillette essaya de s'enfuir, mais elle n'était pas assez rapide.

— Oublie ça, je crois que je préfère prendre ces jolies petites plutôt. Elles me rapporteront plus d'argent que toi, dit-il en traînant vers sa voiture les filles qui se débattaient et pleuraient.

Tommy leur courut après, tirant de toutes ses forces sur la main libre de Davisa. Mais ça ne ralentit même pas son père. Celui-ci poussa Brinique du côté conducteur de la voiture et il grogna :

— Bouge-toi, idiote, ou bien je vais faire du mal à ta sœur.

Elle lui obéit immédiatement.

Tommy vit qu'elle était terrifiée, et quelque chose se serra en lui.

Elle était sa sœur. C'était son devoir de la protéger. L'homme qui était autrefois son père était certes plus grand et plus fort que lui, mais Tommy savait d'expérience ce qui risquait d'arriver à ses sœurs si elles se faisaient enlever.

Alors que Davisa se faisait pousser sur le siège avant avec sa sœur, Tommy ouvrit la portière arrière de la voiture aussi vite qu'il le put et sauta à l'intérieur. Si son père pensait qu'il pouvait prendre Brinique et Davisa, mais pas lui, il était fou.

— Attendez-moi !

Tommy se tourna avant de refermer la portière et vit que Gamjee courait vers la voiture. Il ne l'avait jamais vu se déplacer aussi vite. Il tint la portière ouverte alors que la voiture s'éloignait du trottoir. Le troll sauta à travers la portière ouverte et elle se referma toute seule quand son père mit les gaz.

Il vit Alabama bondir hors de la maison et crier leurs noms tandis que la voiture s'éloignait à toute vitesse.

Son père partit d'un éclat de rire maniaque.

— J'ai trois petites vaches à lait au lieu d'une. C'est parfait, putain !

— C'est un mot vulgaire, murmura Davisa depuis le siège avant.

Elle était blottie près de sa sœur et elles se tenaient dans les bras l'une de l'autre, tremblantes de peur.

Tommy réfléchit rapidement. Au cours des journées qui venaient de s'écouler, Abe lui avait relaté plusieurs situations que lui et son équipe avaient connues au fil des années. Y compris celle où, en infériorité numérique, ils avaient su qu'ils ne pourraient pas l'emporter par la force. Ils avaient dû se servir de leurs têtes et parlementer pour se tirer du danger. Tommy n'avait pas d'arme, et l'homme qui était son père était plus grand et plus fort que lui. Il faudrait qu'il se montre plus intelligent.

Il ne savait pas s'il en serait capable, mais s'il ne tentait pas d'aider ses sœurs, il ne se le pardonnerait jamais. Elles étaient en danger à cause de son père biologique. Tommy était leur protecteur, alors il devait se démener pour s'assurer qu'elles soient en sécurité et que son père ne leur fasse aucun mal.

Comme s'il lisait dans ses pensées, le troll lui dit :

— Ne t'emballe pas, Tommy. Vas-y mollo. Elles sont en sécurité pour le moment.

Hochant la tête sans regarder la créature, Tommy se pencha en avant et prononça le plus gros mensonge de sa vie.

— Il était temps que tu viennes me chercher, Papa. Je t'attendais.

L'homme regarda son fils dans le rétroviseur et plissa les paupières.

— Ce n'est pas ce que j'ai entendu dire. Et tu avais plutôt l'air peinard, à te prélasser dans le jardin comme si tu n'avais rien de mieux à faire.

— Je ne pouvais pas leur dire que je n'avais pas envie d'être là, protesta Tommy. Ça ne s'est pas bien passé dans les autres foyers où j'étais. Et puis tu étais en prison. Mais je savais que tu viendrais me chercher dès que possible. On est partenaires... n'est-ce pas ?

Tommy grimaça intérieurement en prononçant ces paroles. C'était ce que son père avait commencé à lui dire quand il avait laissé les méchants messieurs rentrer dans sa chambre durant la nuit. Il ouvrait la porte, et Tommy savait ce qui allait se passer. Son père tenait toujours une liasse de billets et il le regardait en disant :

« On est partenaires, Tommy. Tu remplis ton rôle, et moi le mien ».

Puis il refermait la porte et le laissait seul avec les hommes qui lui faisaient du mal.

Un large sourire monta au visage de son père, dévoilant des dents qui étaient autrefois blanches et régulières, et qui étaient à présent brunes et cassées.

— C'est vrai, mon garçon. Des partenaires.

— Tu as vraiment besoin d'elles ? s'aventura à demander Tommy. Ce sont des petites geignardes qui parlent tout le temps. Ce serait mieux de les déposer au prochain pâté de maisons. Elles sont bavardes, et je pensais que ce serait juste toi et moi... on s'entend bien.

Il retint son souffle tandis que son père réfléchissait à ce qu'il venait de dire. Tommy crut l'avoir convaincu, mais ses espoirs furent réduits en poussière quand il dit :

— Non. Au pire, je pourrai les vendre. Je suis sûr qu'elles me rapporteront un peu d'argent. Je dois me casser de cette ville. Ils ont commis une erreur à la prison et m'ont laissé sortir pour aller travailler. Quels idiots ! Mon abruti d'avocat m'avait dit le nom de tes parents d'accueil quand j'ai signé les papiers qui disaient que je ne voulais plus de toi. Ça a été facile de les retrouver. Je me suis tiré sans regarder en arrière, mais je suis certain que les gardiens doivent être en train de me chercher.

Tommy réfléchit rapidement et essaya une fois de plus de convaincre son père de libérer Brinique et Davisa.

— Mais les policiers vont partir à leur recherche. Et leur père est un de ces soldats spéciaux.

— Qu'est-ce que tu veux dire ? aboya son père.

Tommy essaya de se rappeler comment cela s'appelait, mais il avait tellement peur que rien ne lui vint.

Alors qu'il commençait à paniquer, Gamjee lui souffla :

— Les forces spéciales, Tommy. Il est dans les forces spéciales.

— Les forces spéciales, lâcha-t-il rapidement. Il est dans la marine.

— Tu te fous de ma gueule ? jura son père. Merde. J'avais pas besoin de ça.

— Écoute, on pourrait les déposer là, au coin de la rue, suggéra Tommy alors qu'ils ralentissaient pour prendre un virage.

— Non. Pas question. J'ai besoin d'une dose. Je peux les vendre ce soir et quitter la ville. Personne ne me retrouvera. C'est bon. Personne ne sait où je suis. Je me planquerai. Je pourrai m'acheter de la bonne came avec l'argent que j'en tirerai.

Tommy se cala contre le dossier de son siège, abattu. Les larmes lui montèrent aux yeux. Il n'avait pas réussi à sauver ses sœurs la première fois qu'elles avaient eu besoin de lui.

Il ne voulait pas que son père vende les petites filles. Il leur arriverait de mauvaises choses. Il se souvint de l'histoire de Fiona et la façon dont on l'avait vendue. Une larme lui coula des yeux avant qu'il ne puisse la retenir.

— Sois fort, dit doucement Gamjee afin que les filles ne l'entendent pas. Attends le bon moment. Ça viendra. Il faut juste que tu gardes la foi.

Tommy regarda le troll assis sur le sol derrière le siège passager. Son ventre pendait au-dessus de la ceinture de son pantalon et les cheveux qui recouvraient sa tête difforme semblaient plus hérissés que d'ordinaire. Mais son ami ne paniquait pas, ce qui aidait également Tommy à garder le contrôle.

— J'ai peur pour elles, souffla-t-il.

— Bien sûr. Ce sont tes sœurs. Mais à la seconde où je te parle, Alabama est au téléphone avec Abe. Ils arriveront très vite. En attendant, il faut que tu restes calme… et ne sois pas téméraire !

Tommy hocha la tête. Il ne savait pas si ce que lui disait le troll était la vérité ou pas, mais il devait bien le croire. Même si Alabama et Abe n'avaient pas de sentiments pour *lui*, ils aimaient Brinique et Davisa.

Il essuya les larmes qui roulaient sur son visage et inspira profondément. La boule noire gluante était toujours là, mais au moins, elle ne l'étranglait pas pour le moment.

— Tu vas rester avec moi ? demanda doucement Tommy à Gamjee.

— Bien entendu.

Il hocha à nouveau la tête et se tourna vers ses sœurs. Brinique le regardait directement. Elle avait des larmes dans les yeux et sa lèvre tremblait.

— Ça va aller, lui souffla-t-il.

Il aurait eu envie de lui dire tellement de choses, mais ce n'était pas le bon moment. Il faudrait qu'il laisse ses actions parler pour lui. Son père lui avait fait du mal, mais il n'allait certainement pas le laisser en faire à ses sœurs s'il avait le pouvoir de l'empêcher.

* * *

— Alabama, calme-toi, dit Abe, essayant d'apaiser sa femme. Brinique et Davisa portent leurs colliers.

— Elles ne les ont pas retirés depuis qu'on les leur a donnés, confirma Alabama, essoufflée par la panique, comme s'il avait posé une question au lieu d'énoncer un simple fait. Tu as déjà appelé Tex ? Il est sur leurs traces ?

— Wolf est au téléphone avec lui et oui, il les a sur son écran. On va y aller. J'ai appelé Caroline et Fiona. Elles sont en route pour venir te rejoindre. Les autres sont avec leurs enfants, alors pour le moment, on ne les a pas informées de ce qui est en train de se passer. Et on va faire comme ça... d'accord ? Tu pourras tout leur raconter quand nos enfants seront rentrés et en sécurité.

— D'accord. Mais on devra trouver quelque chose à donner à Tommy pour qu'on puisse garder sa trace. Je ne crois pas qu'il aura envie de porter un collier.

— On trouvera. Je suis sûr que Tex est prêt à relever le défi.

— Comment diable le père de Tommy est-il sorti de prison ? demanda Alabama qui semblait à présent en colère.

— Je ne sais pas, mais pour le moment, peu m'importe.

— Je sais, je suis désolée. Je sais qu'il faut que tu y ailles, Christopher, mais fais attention.

— Ma belle, je gère. Je sais que tu as peur, mais je ne laisserai pas faire ce connard qui était un père incompétent pour *notre* fils. C'est compris ?

Elle ricana faiblement, et pour une fois, elle ne lui reprocha pas sa vulgarité.

— Bon, quand tu le dis comme ça...

— Je serai rentré avec nos enfants avant que tu n'aies le temps de dire *ouf*. Il faut vraiment que j'y aille. L'équipe est prête à partir. Je t'aime.

— Je t'aime aussi.

— À plus.

— Au revoir, Christopher.

Dès qu'Abe raccrocha le téléphone, il se tourna vers ses camarades.

— S'il a touché le moindre cheveu de la tête de mes enfants, je vais le buter.

— Et on te laissera faire. Viens, Tex nous a

envoyé le signal vidéo sur nos téléphones. Allons récupérer nos enfants, dit Wolf d'un ton relativement calme.

Du point de vue d'une personne extérieure, on aurait pu penser que son ami ne traitait pas la situation avec l'urgence qu'elle requérait. Mais pas Abe. Il discerna la lueur glaciale dans les yeux de l'autre homme. S'il semblait décontracté, ce n'était qu'une illusion. Personne ne s'en prenait à l'un d'entre eux. Personne.

<h1 style="text-align:center">CHAPITRE ONZE</h1>

Tommy faisait les cent pas, essayant de réfléchir aux solutions qui se présentaient à lui. Son père l'avait entraîné dans une maison que Tommy n'avait jamais vue avant et il avait tiré ses sœurs hors de la voiture. Elles n'avaient pu que le suivre en titubant. Il les avait poussés tous les trois dans une petite chambre avant de claquer et verrouiller la porte.

Sans savoir quand il avait commencé à considérer Brinique et Davisa comme ses sœurs, Tommy jeta un œil dans leur direction. Les larmes avaient laissé des traces sur leurs joues et elles semblaient extrêmement terrifiées, mais au final, elles allaient bien. Son père ne leur avait pas fait de mal, ce qui, pour le moment, était la chose la plus importante.

Leurs têtes se tournèrent vers la fenêtre quand ils

entendirent un bruit de pneus. Tommy y courut, se faisant le reproche de ne pas l'avoir repérée avant. Il poussa dessus aussi fort qu'il le put, mais elle ne pouvait s'ouvrir que de quelques centimètres... pas assez pour que lui ou ses sœurs puissent s'échapper. Il s'apprêtait à appeler Brinique pour l'aider à pousser sur l'encadrement quand il repéra la raison pour laquelle elle ne pouvait pas remonter davantage. Il y avait des clous dans le bois de l'encadrement l'empêchant de s'ouvrir en entier.

Ils étaient bel et bien prisonniers.

Gamjee passa la tête par l'espace étroit libéré par la fenêtre, terrifiant Tommy. Il s'éloigna en titubant de la fenêtre et foudroya le troll du regard.

— Ça va être ric-rac, mais je pense que je vais y arriver, dit Gamjee à Tommy.

— Je ne pense pas, lui répondit l'enfant en regardant le petit espace, se remémorant la taille du ventre du troll.

— Je vais y arriver, s'entêta Gamjee. Regarde !

Il se jeta sous la fenêtre et l'effort lui tira un grognement. À part le gros pet qu'il lâcha à cause de l'effort qu'il fit pour se glisser dans l'interstice, il ne se passa rien.

— Bon, c'est un peu la honte, murmura-t-il en s'écartant de la fenêtre en fronçant les sourcils.

En une seconde, le troll disparut et se retrouva sur le lit derrière les enfants, un pli lui barrant le front.

Tommy détourna le regard du lit, où se trouvait Gamjee, et observa la fenêtre. Il se retourna vers le troll.

— Comment es-tu rentré ? demanda-t-il, confus.

— Peu importe, dit Gamjee. Ce qui compte, c'est que vous sortiez de là tous les trois. Maintenant, écoute, Tommy, ton père a...

— Ce n'est *pas* mon père, déclara Tommy avec force. Il l'a peut-être été à l'époque, mais je ne veux rien avoir à faire avec quelqu'un qui pense que c'est bien d'enlever des enfants, y compris son propre fils, pour les vendre à des gens méchants.

— Très bien. Alors tu veux que je l'appelle comment ? Comment s'appelle-t-il ? demanda Gamjee d'un ton raisonnable.

— Je ne veux pas utiliser son vrai nom. Plus jamais ! On l'appellera... Herman. C'est un nom de méchant... non ? demanda Tommy.

— Oui, ça ira. Bon, Herman est parti pour ramener d'autres personnes, alors on n'a pas beaucoup de temps, dit le troll. Comment va-t-on vous tirer de là ?

— Oublions la fenêtre, dit Tommy. Ils l'ont fermée avec des clous et la casser ferait trop de bruit.

Il se dirigea vers la porte et appuya sur la poignée. Elle ne tourna même pas.

— Verrouillée.

— Est-ce qu'on peut faire quelque chose pour l'enfoncer ? demanda Brinique, prenant la parole pour la première fois.

— Bonne idée, lui dit Tommy. Aide-moi à regarder.

Il se dit que s'il tenait les filles occupées, elles auraient moins peur. Ça paraissait fonctionner pour *lui* du moins.

Ils regardèrent sous le lit, dans le placard et dans les quelques cartons qui étaient éparpillés dans la chambre. Ils ne trouvèrent que quelques vêtements miteux et puants, un nid qui contenait des bébés souris, et quelques vieilles assiettes brisées.

— Qu'est-ce qu'on va faire ? demanda Davisa dont les yeux se remplissaient à nouveau de larmes. J'ai peur. J'ai envie de rentrer à la maison.

Tommy se mordit la lèvre. Lui aussi avait peur, mais il était le plus âgé. C'était à lui de protéger ses sœurs.

— On va s'échapper, déclara-t-il. Nous sommes trois…

Gamjee s'éclaircit bruyamment la gorge.

— Désolé. Nous sommes trois humains et un troll. Quand il reviendra, il nous faudra une distraction.

Tommy déglutit fort, n'aimant pas ce qu'il allait dire, même s'il savait d'instinct que c'était la seule solution.

— Je parlerai de ma mère. J'espère que ça le prendra par surprise. Alors vous pourrez vous échapper.

— Mais comment t'échapperas-tu ? demanda Brinique, inquiète.

Tommy la regarda dans les yeux.

— Vous irez chercher de l'aide et ramènerez quelqu'un.

— Ce n'est pas juste, protesta-t-elle faiblement.

— Il était mon père, autrefois, dit-il, les dents serrées. Pas le vôtre. En plus, vous êtes mes sœurs. C'est mon devoir de veiller sur vous.

Ignorant l'incrédulité qui passa sur le petit visage de la fillette, Tommy se tourna vers Gamjee.

— Je sais que tu as dit qu'on est les seuls à pouvoir te voir, mais tu peux peut-être lui jeter quelque chose dans les pieds ? Pour le faire tomber ? Je bondirai sur lui pour donner à Brinique et à Davisa plus de temps pour s'échapper.

— Et s'il ramène plein de gens ? demanda calmement Gamjee. C'est quoi le plan ?

Tommy sentit la boule noire croître dans son ventre. Il ne savait absolument pas. Il n'avait songé qu'à s'occuper de l'homme qui était autrefois son père. La présence d'autres hommes signifierait plus de gens en mesure d'attraper ses sœurs pour les empêcher de s'échapper.

Il secoua violemment la tête.

— Non. Ça ne fait rien.

Il se tourna vers les filles.

— Dès que la porte s'ouvrira, fuyez. Votre seul objectif est de parvenir à l'extérieur. Coûte que coûte. C'est compris ?

— Mais s'il t'arrive quelque chose ?

— Ça ne fait rien. Sortez et allez chercher de l'aide. Et ne lâche pas la main de Davisa, ordonna-t-il à Brinique. Je ferai de mon mieux pour vous aider. Mais promets-moi que tu ne t'arrêteras pas.

— On promet, Tommy, dit doucement Davisa en se dirigeant vers lui pour le serrer fort dans ses bras. On ira chercher de l'aide. On ne te laissera pas ici tout seul très longtemps.

Son geste émoussa la boule noire à l'intérieur de Tommy. Il passa les bras autour du corps gracile de Davisa et lui rendit son étreinte.

— C'est bien. Maintenant... Gamjee.

Tommy se retourna vers le lit, mais il était inoccupé.

— Où est-ce qu'il est parti ?

Ils cherchèrent encore dans toute la pièce, mais ils ne trouvèrent pas la moindre trace du troll. Brinique demanda même aux souris si elles l'avaient vu, mais elles ne lui répondirent rien.

— Peu importe, dit résolument Tommy, se sentant triste que Gamjee les ait abandonnés à un tel moment. C'est un troll. On l'a imaginé. Ce n'est pas comme s'il pouvait nous aider. Tiens, Brinique, prends quelques assiettes. Tu pourras les balancer contre les méchants, au besoin. Davisa, tu n'en as pas. Ta seule mission est de ne pas lâcher la main de Brinique, d'accord ?

— D'accord, Tommy.

Il prit une assiette et un bol et empila le reste des plats près de la porte, juste au cas où.

— Il ne nous reste plus qu'à attendre.

Les filles hochèrent la tête, et ils s'assirent tous les trois au bord du lit, tendant l'oreille afin de guetter le retour de l'homme que Tommy avait appelé Herman.

✱ ✱ ✱

Wolf, Abe, Cookie, Mozart, Dude et Benny entourèrent en silence la maison décrépite. L'endroit était situé dans un endroit plutôt craignos du centre-ville de San Diego, un quartier dans lequel les touristes amateurs de croisières et de soleil ne mettaient jamais les pieds. Les maisons étaient délabrées et l'herbe des jardins morte depuis longtemps. Les quelques voitures qui occupaient la rue avaient au moins dix ans et on les avait dépouillées depuis longtemps de leurs éléments de valeur, vendus contre de la drogue.

Les deux points qui clignotaient sur l'application de leurs téléphones les avaient guidés jusqu'à cette maison ; une des pires de la rue. Deux carcasses de voitures étaient garées dans le jardin, et l'herbe folle montait jusqu'aux genoux. Le béton de l'allée et du trottoir était craquelé. Autrefois d'un jaune resplendissant, la peinture était à présent écaillée et pleine de fissures. La maison était tombée en décrépitude et aurait dû être condamnée.

Abe serra les dents. Ses bébés se trouvaient dans ce taudis, et il aurait voulu y pénétrer de force afin de les en tirer. *Tout de suite.*

Sachant qu'il était sur les nerfs mais qu'il n'accepterait jamais de ne pas se trouver dans l'équipe de tête, Wolf l'avait apparié avec Dude. Ils savaient tous que Dude était le plus redoutable d'entre eux quand la vie d'un enfant était en jeu. Après avoir failli perdre son propre enfant ainsi que sa femme, il était devenu ultraprotecteur et énervé quand une femme ou un enfant était en danger.

Abe et Dude entreraient par la porte principale. En même temps, Benny et Mozart pénétreraient par l'arrière. Wolf et Cookie couvriraient les coins de la maison afin de s'assurer que personne ne s'échapperait par les fenêtres, ainsi que pour couvrir Abe et Dude.

Il y avait eu trois voitures garées au hasard autour de la maison quand ils étaient arrivés, y compris la même voiture dans laquelle Alabama avait vu ce connard de père biologique de Tommy s'enfuir avant qu'elle ait appelé la cavalerie. La voiture du père de Tommy était la plus proche de la maison, et les deux autres étaient garées derrière elle.

Abe refusait de songer à ce que les occupants de la maison pouvaient faire à trois petits enfants vulnérables, ou au temps qu'ils avaient passé là.

Il fit signe à Wolf, qui lui rendit son signal. Il était temps de récupérer ses enfants. Et que Dieu vienne en aide à ceux qui se dresseraient en travers de sa route.

CHAPITRE DOUZE

Tommy, Brinique et Davisa se redressèrent quand ils entendirent la porte claquer.

— On y est. Vous vous rappelez quoi faire, non ? demanda Tommy d'une voix qu'il espérait être plus forte qu'elle lui paraissait être.

— Oui. On jette les trucs et on sort. Puis on va chercher de l'aide et on revient te chercher, dit Brinique d'une voix tremblante.

— C'est ça. Bien ! Ça va marcher. Je le sais, dit Tommy, essayant d'avoir l'air positif.

Dès qu'il eut fini de parler, la porte s'ouvrit, révélant un homme qu'il n'avait jamais vu. Il portait un jean crasseux, des baskets et un T-shirt gris recouvert de taches. Son visage était dégoûtant, couvert de vérole, ses cheveux étaient filandreux et auraient eu besoin d'être lavés, et ses dents étaient marron foncé.

— Putain, oui ! Ça vaut bien les deux cents dollars que j'ai payés.

L'homme se toucha l'entrejambe et s'ajusta vulgairement. Puis il se retourna vers l'autre pièce.

— Je veux les deux filles.

— Absolument pas ! se plaignit une autre voix. Tu ne peux pas les avoir toutes les deux. Putain ! J'en prends une en premier.

— Je me fiche de ce que vous allez faire. Je veux le garçon, dit une troisième voix d'un ton traînant.

L'homme qui avait ouvert la porte recula dans l'autre pièce, laissant celle de la chambre ouverte.

— Allons-y, murmura Tommy.

Il comprenait parfaitement ce que les deux premiers hommes se disputaient, et il n'allait pas les laisser poser leurs sales pattes sur Brinique ou Davisa.

Les trois enfants allèrent jusqu'à la porte sur la pointe des pieds et jetèrent un œil à l'extérieur. Les deux hommes se disputaient qui aurait la primeur des filles, et le troisième observait la discussion tout en se curant les dents avec un gros couteau. Ils étaient tous grands et maigres, et même s'ils semblaient pâles et malades, ils étaient plus grands que Tommy... et probablement plus forts.

Pendant ce temps, son père ignorait les autres, tripotant un élastique qu'il essayait de s'accrocher autour du bras. Il l'avait déjà vu faire cela, avant de s'injecter dans le bras un produit qu'il avait fait fondre sur une cuillère.

Les enfants se dirigèrent lentement vers la porte, mais dès qu'ils s'en furent approchés, l'homme qui tenait le couteau dit d'un ton nonchalant :

— Votre petite chatte va s'échapper.

Les deux hommes tournèrent rapidement la tête et leurs regards se posèrent sur les enfants.

— Merde. Attrapons-les ! cria l'un d'eux.

Au même moment, Tommy poussa Brinique et Davisa vers la porte tout en leur criant de partir. Il jeta le bol qu'il avait à la main vers l'homme le plus proche de ses sœurs, réussissant à l'atteindre en pleine tête.

Celui-ci pila net et leva une main vers son front ensanglanté.

— Connard ! Ça fait mal !

Le deuxième homme qui s'était disputé avec le premier faillit attraper le bras de Davisa, mais Brinique lui enfonça dans la poitrine aussi fort qu'elle le put l'éclat d'assiette brisée qu'elle tenait à la main.

Surpris que la petite fille se défende, il regarda d'un air consterné sa poitrine qui saignait, donnant aux fillettes juste à peine le temps d'ouvrir brusquement la porte et de s'échapper.

— Ne les laissez pas partir !

Les deux hommes sortirent en courant, poursuivant Brinique et Davisa, mais Tommy n'eut pas le temps de s'inquiéter pour elles, puisque l'homme au couteau *et* son père se dirigeaient tous les deux vers lui.

Tommy jeta les deux derniers éclats de porcelaine bon marché qu'il tenait à la main, mais les deux hommes les évitèrent. Les assiettes allèrent se briser sans rencontrer d'obstacle contre le mur opposé de la petite chambre.

— Je savais que tu mentais en me disant qu'on était partenaires, petite merde, gronda son père. Tu as toujours été un bon à rien.

— Maman et toi disiez toujours que j'étais doué pour tout, répliqua rapidement Tommy.

— Je mentais, dit son père avec un regard noir.

— J'en ai marre de ces conneries, rugit l'autre homme. Ton cul est à moi, gamin.

Il brandit devant lui le couteau aiguisé, mais il

n'eut pas le temps de faire un pas qu'il s'arrêta soudainement.

Gamjee se matérialisa.

Il se dressait devant Tommy comme un Viking des temps jadis. Ses cuisses étaient aussi grosses que des troncs d'arbre et il tenait à la main un énorme maillet qu'il brandissait devant lui d'un geste menaçant. Il ne semblait pas complètement humain, mais il ne ressemblait plus beaucoup non plus au troll que Tommy connaissait. Il se dressait comme un mur entre l'enfant et l'homme au couteau.

— Qu'est-ce que c'est que ça, putain ? souffla ce dernier, bouche bée devant ce spectacle.

Tommy ne savait pas si l'homme pouvait voir Gamjee, mais ses jurons répondirent à sa question. Lui aussi aurait voulu pouvoir contempler Gamjee davantage. Il était aussi génial que les superhéros de ses bandes dessinées préférées ! Mais Tommy tourna plutôt la tête sur le côté.

— Ne bouge pas, Tommy, lui ordonna Gamjee d'une voix profonde qu'il n'avait jamais utilisée auparavant. Je m'en occupe.

Tommy se figea, terrifié, mais ce troll qu'il avait toujours trouvé étrange l'impressionnait.

Il n'avait rien d'étrange à présent. Pas de plaisanteries sur la nourriture. Pas de commentaires sarcastiques sur sa taille et son odeur.

— Tue-le, Deke. Putain de monstre ! ordonna froidement le père de Tommy.

L'homme au couteau le brandit vers Gamjee, mais l'arme s'immobilisa en plein mouvement, tout comme l'avait fait le pied de Tommy quand il avait essayé de taper le troll.

Le voyou réessaya, mais la même chose se reproduisit.

— Putain ?! tonna-t-il, regardant successivement Gamjee et le couteau qu'il tenait à la main. J'en ai marre !

Tommy écarquilla les yeux quand l'homme sortit un pistolet.

— Non, ne lui faites pas de mal ! cria Tommy.

Mais c'était trop tard. L'homme vida son chargeur en direction du petit garçon et de l'immense troll qui avait bondi devant lui.

* * *

— Ça s'ouvre, dit Dude en voyant la porte d'entrée de la maison s'ouvrir brusquement alors qu'ils s'apprêtaient à rentrer.

Deux petites formes floues se jetèrent à l'extérieur, atterrissant dans les bras d'Abe. Il les referma immédiatement autour d'elles et se tourna sans attendre, présentant son dos à la maison, les mettant à l'écart.

Il avait bien réagi, parce que deux hommes se précipitèrent à la suite des filles. Le premier fut immédiatement assommé par Dude qui lui donna un coup de poing puissant dans la gorge.

Le deuxième homme s'écroula sur le corps inanimé du premier qu'il suivait de près. Il leva les yeux, vit Dude – vêtu de noir et visiblement furieux – et il bondit sur ses pieds. Il s'enfuit à toutes jambes, mais Dude ne prit pas la peine de le poursuivre, sachant que ses coéquipiers ne le laisseraient pas s'échapper.

Abe regarda Wolf et Cookie filer à sa poursuite, l'appréhendant avant même qu'il n'ait dépassé la maison voisine.

Dude prit une seconde pour tourner les yeux vers Abe, Brinique et Davisa. Abe lui adressa un salut du menton et désigna la porte d'entrée qui était restée ouverte. Cela tuait Abe de voir que Tommy n'était pas avec ses filles. Cette opération n'était pas encore terminée. Absolument pas.

Il s'accroupit et fit signe à ses enfants de faire pareil.

— Restez ici, leur dit-il d'une voix atone. Juste ici. Ne bougez pas. C'est compris ?

Les deux filles hochèrent la tête, le blanc de leurs yeux se détachant sur leurs visages bruns.

Abe essaya d'adoucir sa voix dont le ton disait « j'ai envie de tuer les hommes qui vous ont enlevées à moi ».

— Vous êtes en sécurité. Vous vous êtes bien débrouillées, mes puces. Mais je dois aller récupérer votre frère. D'accord ?

— Oui, d'accord, lui répondit Brinique d'une voix tremblante, le repoussant de ses petites mains. Ça va aller. Va chercher Tommy.

Alors qu'Abe se redressait et faisait signe à Dude qu'il était prêt à continuer, des coups de feu résonnèrent à l'intérieur de la maison.

Dude n'hésita pas. Il couvrit Abe et ensemble, ils pénétrèrent dans la maison, le doigt sur la détente, prêt à éliminer ce qui menaçait leur grande famille des forces spéciales.

CHAPITRE TREIZE

Les yeux de Tommy s'élargirent quand les balles en provenance du pistolet de l'homme rebondirent littéralement sur le troll gigantesque et atterrirent à terre, à ses pieds. L'une d'elles se perdit et alla s'enfoncer dans le mur, mais Tommy resta bien planqué derrière le bouclier de chair qui se dressait devant lui.

— C'est quoi cette merde ? cria l'homme en regardant son pistolet.

— On ne bouge plus !

— Jette ton arme, connard !

— À terre !

— Les mains en l'air !

Les quatre voix s'étaient exprimées en même

temps, et Tommy resta figé sur place. Gamjee se déplaça et en l'espace d'une seconde, il n'était plus un immense superhéros, mais le petit troll tout laid qu'on connaissait si bien.

Avant que Tommy ne puisse dire un mot ou même comprendre ce qu'il se passait, Abe était là.

— Ça va ? Tu es blessé ? Tu t'es fait tirer dessus ?

Sa voix était rude et brusque, mais sans méchanceté.

— Je vais bien !

Les mains d'Abe atterrirent sur ses épaules et il le fit tourner jusqu'à ce qu'il se retrouve dos à la pièce. Tommy le sentit les passer sur son dos et ses jambes. Puis Abe le tourna à nouveau et le prit dans ses bras, le serrant fort contre lui.

— Seigneur ! Dieu merci. Merde. Quand j'ai entendu les coups de feu, j'ai pensé... Putain...

Les paroles d'Abe moururent.

Tommy sentait son cœur battre dans sa poitrine, entendait sa respiration saccadée, et sentait tout cela contre sa peau. Il passa les bras autour du cou d'Abe et enfonça son visage contre son épaule puissante.

Tommy n'avait jamais cru qu'Abe puisse être aussi contrarié à l'idée qu'il soit blessé. Il eut une pensée soudaine et jeta la tête en arrière.

— Brinique et Davisa ?

— Elles vont bien, dit Abe sans le lâcher.

— Pourquoi n'es-tu pas avec elles ? demanda Tommy.

Abe se détacha enfin de lui sans pour autant le lâcher, mais suffisamment pour pouvoir le regarder dans les yeux.

— Parce que je sais que ça va aller bien pour elles. Ce n'étaient pas elles qui étaient à l'intérieur quand on a tiré ces coups de feu. C'est toi !

— Mais elles sont à toi. Pas moi, dit Tommy d'une petite voix.

— Ce n'est pas vrai, lui répliqua immédiatement Abe, posant ses grandes mains sur les joues de Tommy et l'empêchant de tourner la tête afin qu'il soit forcé de le regarder dans les yeux.

— Tu penses que je ne sais pas que c'est toi qui as dit à mes filles de s'enfuir ? Tu crois que je ne sais pas que tu les as protégées de l'homme qui était censé t'aimer et te protéger jusqu'à la fin de ta vie ? Tu crois qu'après ce qui s'est passé aujourd'hui, tu n'es pas à moi, de toutes les façons qui comptent ? Fiston, ça fait longtemps que je n'ai pas eu aussi peur. Ce n'était pas à cause de Brinique et de Davisa. C'était parce que *tu* étais là. Je m'inquiétais pour toi.

Abe inspira profondément, et Tommy voyait bien qu'il essayait de contrôler une émotion profonde.

— Et si tu racontes à ta mère que j'ai dit « putain », je nierai tout en bloc. J'ai vraiment du mal, mais j'essaye vraiment d'arrêter de dire de gros mots.

Il essaya de sourire, mais cela ressemblait plutôt à une grimace. Il inspira à nouveau profondément et demanda doucement :

— Ça va vraiment bien ? On ne t'a pas frappé ?

Tommy secoua la tête.

— Non. Gamjee m'a sauvé.

C'était évident qu'Abe ne le croyait pas, parce qu'il se contenta de secouer la tête.

— Fiston, ça ne me fait rien que tu croies que ton ami imaginaire était avec toi ici. D'ailleurs, ça ne me fait rien si des flocons magiques tombent du ciel. Je suis seulement vraiment soulagé que ce mec ne sache pas tirer.

Tommy se détourna alors d'Abe et vit que Gamjee les regardait. Le troll lui adressa un clin d'œil et croisa les bras. Tommy se dit que la posture du petit troll le faisait beaucoup ressembler à Abe et ses amis quand ils faisaient le même geste.

Abe se redressa, portant Tommy dans ses bras, et il se retourna immédiatement, sortant rapidement de la maison en ruines. Ses coéquipiers se chargeaient des hommes drogués restés à l'intérieur, et Cookie et Wolf tenaient également en joue les deux autres qui avaient poursuivi ses filles. Des sirènes résonnèrent alors au loin, indiquant que les policiers seraient bientôt là, ayant été informés par Wolf de l'endroit où ils se trouvaient. Mais Abe les ignora aussi. Il posa Tommy par terre et tendit le bras vers ses filles.

Brinique et Davisa coururent vers leur père et se jetèrent sur lui, manquant de le renverser à terre. Il les souleva, une dans chaque bras, et tous les quatre descendirent le trottoir vers le véhicule de Wolf. Il ouvrit le hayon et fit asseoir ses filles. Tommy se cala à côté d'Abe tandis que celui-ci sortait son téléphone portable.

Il appuya sur le contact qui disait « Maison » et attendit.

— Allô ? Christopher ?

— Oui. Je les ai. Ils vont tous bien.

— Tommy aussi ? demanda Alabama.

— Tommy aussi, confirma Abe.

Alors que Brinique et Davisa discutaient avec leur mère, Tommy sentit fondre la boule noire gluante qui avait rempli tout l'espace dans son ventre depuis que son père avait cessé d'être son père et était devenu un inconnu terrifiant. Elle avait simplement disparu comme si elle n'avait jamais été là. Il n'en restait pas même un soupçon.

Alabama s'était enquis de lui spécifiquement. Pas seulement de ses filles.

Tommy avait oublié ce que cela faisait d'être désiré, d'être aimé.

Même s'il n'était auprès d'Abe et d'Alabama que depuis un petit moment, il savait reconnaître une bonne chose quand il en voyait une. Il avait déjà connu cela. Et quelque part, il savait que depuis le paradis, sa mère le regardait en souriant.

Sentant quelque chose à ses pieds, Tommy baissa les yeux. C'était Gamjee qui tirait sur son pantalon. Tommy descendit du véhicule et s'agenouilla près du troll.

— Merci.

— Je t'en prie.

— Je suis certain qu'Alabama nous a préparé le plus gros gâteau que tu as jamais vu. Je vais m'assurer de t'en garder, dit Tommy au troll, qu'il commençait à considérer comme le meilleur ami qu'il avait jamais eu.

— Il est temps pour moi de partir, dit Gamjee d'un ton égal. J'ai accompli ma mission.

Brinique et Davisa descendirent de la voiture et s'accroupirent à côté du petit troll.

— Non, on ne veut pas que tu partes ! gémit Davisa, visiblement toujours ébranlée par ce qui venait de se produire au cours de la dernière heure.

— Je t'en prie, ne pars pas ! plaida Brinique.

Tommy regarda le troll, puis ses sœurs. Il se sentait bien, toujours déstabilisé par tout ce qui s'était passé, mais bien, différent.

Soudain, il savait ce qu'il voulait faire de sa vie. Il voulait protéger les autres des gens méchants, comme ceux qui les avaient kidnappés ce jour-là, ses sœurs et lui. Il voulait faire le même métier qu'Abe et ses amis, mais pas dans l'armée.

Il ne savait pas vraiment quoi, mais il trouverait bien.

— Merci, lui répéta Gamjee. Un jour, j'irai à Cuculand, dans le Maine. Je rencontrerai ton roi Matuna et ton ami Erasto. On s'installera pour manger un bon repas et je te raconterai tout de ma vie, et toutes les choses super que j'aurais faites. Je te le jure.

— Je te crois, Tommy. Et je sais que tu le feras, parce que mon roi m'a montré le futur. On se reverra.

Le petit garçon se redressa et passa le bras autour

de Brinique, dont les joues étaient maculées de larmes.

— Ça va aller, petite sœur. Il a des endroits à aller visiter et des gens à aider. D'ailleurs, je suis sûr qu'on peut convaincre Maman d'acheter un animal quand on rentrera à la mission. Non, Papa ?

Tommy aurait pu jurer avoir vu des larmes dans les yeux d'Abe, mais si elles avaient existé, elles disparurent quand le colosse cligna des paupières.

— Je crois qu'on peut s'arranger... fiston.

Quelques heures plus tard, après avoir regardé *La Petite sirène* pour essayer de calmer les enfants, après avoir parlé à tous leurs amis et leur avoir assuré que tout le monde était rentré à la maison sain et sauf, après que la police leur eut dit que le père de Tommy ne serait plus jamais en mesure de s'échapper de prison, après avoir parlé à Tex et tenté de chercher des idées pour équiper Tommy d'une puce électronique, et longtemps après que les enfants furent allés au lit, Alabama et Abe étaient allongés, nus et enlacés dans leur lit deux places.

Ils ne dirent rien, l'un comme l'autre, se contenttant de profiter de leur présence mutuelle. La main d'Abe quitta les reins d'Alabama et descendit sur ses fesses. Elle remonta une fois, puis redescendit. Les mains d'Alabama se mouvaient aussi, caressant les côtes de son mari.

Finalement, il la fit se tourner pour qu'elle se retrouve allongée sur le dos. Abe descendit le long de son corps, se servant de ses lèvres et de ses mains pour lui montrer à quel point il l'aimait. S'allongeant entre ses jambes, Abe plaça ses mains sous ses fesses pour la soulever, afin d'avoir un meilleur accès pour lécher et sucer son petit bouton sensible.

Alabama se contorsionna et arqua le dos tandis qu'Abe se régalait d'elle, la faisant exploser de plaisir deux fois avant de remonter le long de son corps. Il plaça le sommet de sa verge tendue juste à l'intérieur d'elle, puis posa les deux mains de part et d'autre de son visage. Soutenant son regard, il la pénétra lentement, très lentement.

Sans rien dire et ne parlant qu'avec leurs yeux, Abe et Alabama firent l'amour. Ils célébraient le fait que leur famille soit saine et sauve, célébraient le lien qui les unissait et célébraient leur amour éternel.

Leurs caresses étaient tendres et naturelles, et ils ne mirent guère de temps à atteindre leur paroxysme ensemble.

Contentés et couverts de sueur, Alabama et Abe Powers s'endormirent, toujours aussi intimement connectés que deux amants pouvaient l'être. La vie risquait peut-être de leur lancer des défis, mais ensemble, ils avaient appris qu'ils pourraient tout conquérir.

ÉPILOGUE

Vingt-quatre ans plus tard

Tom Powers se dirigeait vers un restau miteux de Cumberland, dans le Maine. Il ne savait pas si c'était le bon endroit. La ville était un trou et manifestement, cela faisait des générations que personne n'y vivait plus. Mais une voix lancinante dans sa tête n'avait cessé de lui dire de s'arrêter. De garer sa voiture pour aller y jeter un œil.

Au fil des années, il avait visité des dizaines de villes dans l'État, cherchant celle dont avait parlé son troll il y avait si longtemps. Il l'avait appelée Cuculand, mais manifestement, elle ne s'appelait pas vraiment comme cela.

Mais à la seconde où il était entré, Tom avait su qu'il était précisément au bon endroit. Il avait enfin trouvé la ville qu'il avait passé des années à chercher.

De l'extérieur, la ville était un bouge. Des bâtiments décrépits, des personnes à l'air peu recommandable qui glandaient un peu partout... mais à l'intérieur du restaurant, c'était comme s'il avait pénétré dans un monde différent.

Le comptoir rutilait d'une vive lumière blanche, le dessus des tables était impeccablement propre, et pas une seule des banquettes en cuir était craquelée. Plusieurs personnes lui sourirent quand il entra et s'installa. L'air vibrait d'une façon qu'il aurait simplement pu décrire comme magique, et il se sentait heureux et en sécurité.

Oui, il était assurément au bon endroit.

Il portait son uniforme de travail habituel... un pantalon noir, une veste de costume noire, une chemise blanche et une cravate grise. Dans les autres villes dans lesquelles il s'était rendu, plus d'une personne l'avait regardé étrangement, et plusieurs lui avaient demandé s'il était un « homme en noir ».

Il avait souri poliment – comme si on ne lui avait

jamais fait la plaisanterie – et il avait poursuivi son chemin.

Alors qu'il s'asseyait, son téléphone sonna. Tommy sourit en décrochant :

— Hé, ma chérie !

— Salut ! Tu as trouvé, cette fois ?

— Oui, je crois. Je confirmerai plus tard. Comment vont les enfants ?

— Bien. Tu manques à May et elle t'a déjà enregistré trois vidéos à propos de ses journées, pour que tu les regardes quand tu rentreras.

Le sourire de Tom s'élargit quand il pensa à sa fille. Elle avait 8 ans, mais était très mature pour son âge, et il remerciait le ciel tous les jours de l'avoir. Sa femme avait eu une grossesse difficile, et le médecin l'avait prévenue qu'elle ferait mieux de ne pas porter d'autre enfant à cause de sa santé.

— Et Chris ?

— Ton fils est aussi précoce que d'habitude. Il est dans sa période « nourriture verte ». Il refuse de manger ce qui n'est pas vert. Alors on a mangé des haricots verts, des petits pois, de la laitue, des cornichons, et j'ai mis du colorant vert dans des choses comme le lait et la purée.

Tom ferma les yeux en riant légèrement et posa

la tête sur le dossier de la banquette. Donna et lui n'avaient pas eu l'intention d'avoir d'autres enfants après May. Puis un jour, Brinique l'avait appelé, terriblement inquiète à propos d'un enfant dans sa juridiction qui n'était pas un bon candidat pour l'adoption. Elle travaillait pour les services de protection de l'enfance et il n'aurait pas pu être plus fier de la voir se battre aussi fort pour des gamins qui n'avaient personne d'autre pour les défendre.

L'enfant dont elle parlait était trisomique et avait été abusé par sa famille biologique. Il était pupille de l'État, et Brinique, émue, avait su que si on ne l'adoptait pas rapidement, le garçon passerait probablement toute sa vie dans un institut.

Alors, Donna et lui étaient allés rencontrer l'enfant, et il n'avait pas suffi de plus. Le jour même, ils avaient lancé la procédure pour devenir parents d'accueil, avec l'intention de finir par l'adopter. Le père de Tom, Abe, était ravi qu'ils aient décidé de donner son nom au petit. Tom avait vu son père, cet ex-soldat impressionnant, pleurer quand il avait tenu le garçon d'un an dans ses bras pour la première fois.

Âgé de 4 ans, Chris leur donnait à présent du travail, mais il voyait de la joie dans tout et tout le monde autour de lui ; Tom ne pouvait s'imaginer de vivre sans lui.

— Et toi ? Comment ma ravissante femme tient-elle le coup ?

— Je vais bien, mon chéri. Tu reviens demain, n'est-ce pas ?

— Oui. Ça fait trop longtemps que je suis loin de ma famille.

— Eh bien, tu pourrais toujours dire au président qu'il faut qu'il reste chez lui davantage, le taquina Donna.

Cela fit rire Tom.

— Je ne suis pas certain qu'il accepte.

— Je suis fière de toi, lui dit Donna. Et pas parce que tu t'es pris une balle pour lui. Ça me rend plus vénère que fière, pour être honnête, dit-elle d'un ton taquin.

Tom ne se vexa pas. Il savait très bien ce que ressentait sa femme à propos du jour où il avait vu quelqu'un braquer un pistolet vers le président des États-Unis. Le protégeant – ce qui, en tant que membre des services secrets, était son boulot –, il s'était placé devant lui, son gilet pare-balles détournant la balle destinée au président. Et il aurait refait pareil sans hésiter.

— Je suis fière de l'homme que tu es. Celui qui veut protéger les gens dans le besoin, qu'il s'agisse de vieilles dames à l'épicerie, des enfants avec lesquels tu passes tes week-ends au club des jeunes, ou bien de tes propres enfants, tes neveux et tes nièces, moi, ou le président des États-Unis. Personne n'est trop insignifiant pour mériter ton assistance. C'est ce que j'aime chez toi, et je t'aime tout simplement.

— Je t'aime aussi, ma belle. Je te montrerai à quel point quand je rentrerai demain.

— J'y compte bien. Je suis allée faire des courses aujourd'hui, avec ta mère et ses copines.

Tom émit un petit rire.

— C'est plutôt cool que ma mère et toi passiez autant de temps ensemble.

— Elle est super drôle. Et ses amies sont géniales. Je suis sûre qu'elles donnent du fil à retordre à leurs maris.

Tom repensa aux amis de son père. Wolf, Cookie, Mozart, Dude et Benny. Il n'était pas certain de se souvenir de leurs vrais prénoms, ne les appelant jamais autrement que par leurs surnoms. Mais il n'oublierait jamais leurs épouses. Des femmes géniales, fortes, belles et qui déchiraient tout.

— Oh, et Davisa et sa tribu nous rendent visite la semaine prochaine, n'oublie pas. Ce sont les vacances de printemps et elle a une semaine de congé.

— Je n'arrive pas à croire qu'elle prenne sa semaine, songea Tom. Généralement, elle profite du temps où ses élèves sont en congé pour retaper sa salle de classe ou faire des trucs pour l'école.

Donna pouffa.

— C'est apparemment un trait de famille d'être brillant. Elle adore ses quatrièmes. Elle était destinée à devenir prof de sciences.

— Tu es prête à ce qu'ils investissent la maison tous les six ? Je peux toujours leur dire d'aller se louer une chambre d'hôtel, lui dit sérieusement Tom.

— C'est bon. Lance et elle resteront au sous-sol avec Destiny et Jayden, puisqu'ils n'ont que 2 ans. Et Trinity et Malik dormiront dans la chambre de May. Et avant que tu ne dises quoi que ce soit, oui, je sais qu'ils chahuteront et discuteront super tard toutes les nuits. Mais May n'a pas souvent l'occasion de passer beaucoup de temps avec ses cousins.

— Tant que ça te va, ça ne me dérange pas non plus, lui dit Tom.

— J'espère que tu le trouveras, poursuivit Donna

d'une petite voix, changeant de sujet. Je sais que ça fait longtemps que tu le cherches.

Elle savait tout de Gamjee. Tom n'avait jamais oublié ce qu'il avait vu et entendu quand il avait 10 ans était vrai. Le troll s'était transformé en une sorte de garde du corps super puissant, s'était placé devant lui et avait réussi à repousser toutes les balles avec son corps. Toutes les balles, sauf une qui avait frappé le mur près de Tom, l'auraient traversé... Sans Gamjee, il serait mort.

Tom s'était souvenu de la conversation qu'il avait eue avec le troll, comme quoi il devait faire des choix, et un jour, cela ferait une différence énorme pour tous ceux qui vivaient dans le pays. Il avait eu raison. Si le président était mort en ce jour tragique, si lui, Tom Powers, n'avait pas été là pour intercepter la balle destinée au président des États-Unis, personne n'aurait pu deviner ce qu'il se serait passé. Le vice-président était faible et n'inspirait pas le respect dans le pays ou au-delà des frontières. S'il avait pris le pouvoir, les choses auraient pu être très différentes économiquement, politiquement ou même dans la vie personnelle de Tom.

— Je le trouverai quand le temps sera venu, dit Tom à sa femme d'un ton plein d'assurance. Il faut que j'y aille. Embrasse les enfants de ma part, et je te parlerai ce soir, avant d'aller dormir.

— D'accord. Je t'aime. On se reparle plus tard.

— Au revoir, ma chérie.

— Au revoir.

Tom décolla la tête du dossier et raccrocha. Puis il regarda de l'autre côté de la table... et sourit.

Un petit troll était assis sur la banquette opposée. Il n'avait absolument pas changé depuis la dernière fois que Tom l'avait vu, lorsqu'il avait 10 ans.

— On se retrouve, dit Tom avec un sourire, posant les coudes sur la table.

— Tu veux te casser de ce restau horrible pour qu'on aille manger un vrai repas ? demanda Gamjee avec un sourire goguenard.

— Seulement si ça inclut être capable de parler à Erasto et au roi Matuna, rétorqua Tom.

— Je crois qu'on peut s'arranger, lui répondit Gamjee avec un hochement de tête avant de poursuivre : tu as mis du temps à venir. Je commençais à croire que tu te pensais trop bien pour moi... à sauver le président et tout ça.

— Pas de risque. Cuculand n'est pas un endroit facile à trouver. Je voulais te donner quelque chose à quoi te raccrocher. En plus, je suis certain que tu es occupé à aider le père Noël. Je ne t'ai absolument pas manqué.

— C'est Erasto qui aide le père Noël, dit Gamjee. Moi, je fabrique des rêves, dit fièrement le troll en gonflant la poitrine.

— C'est bien pour toi, dit sincèrement Tom. Je me rappelle encore que lorsque tu es resté avec moi pendant cette semaine-là, je n'ai jamais aussi bien dormi ou fait d'aussi beaux rêves.

Gamjee sourit. Un sourire de guingois... Et avec ses oreilles et son nez pointus, honnêtement, le troll était toujours aussi moche, mais cela ne faisait rien à Tommy. Il avait appris au fil des années que l'apparence des gens n'était pas ce qui faisait d'eux une bonne personne ou un ami. C'était ce qu'il y avait dans leur cœur. Et Gamjee était l'un des meilleurs amis qu'il avait jamais eus.

— Je suis désolé que Brinique et Davisa ne soient pas là, dit Tommy alors qu'ils descendaient l'avenue.

— Leur temps viendra. Ne t'inquiète pas, lui répondit Gamjee. Maintenant... raconte-moi tout sur May et Chris. Je veux tout savoir.

Pas surpris que le troll sache tout sur lui et sa famille, Tom sourit en suivant son ami dans une brume épaisse qui couvrait le bout de la rue. Il n'avait pas peur. Pas le moins du monde. Le troll lui avait sauvé la vie quand il avait 10 ans. Et il lui faisait entièrement confiance.

Il avait hâte de raconter à May d'autres contes de fées sur une ville qui s'appelait Cumberland, et sur les créatures magiques qui y résidaient.

Ne ratez pas le prochain tome de la série Forces Très Spéciales : *Un Protecteur Pour Kiera.*

DU MÊME AUTEUR

Autres livres de Susan Stoker

Forces Très Spéciales Series

Un Protecteur Pour Caroline

Un Protecteur Pour Alabama

Un Protecteur Pour Fiona

Un Mari Pour Caroline

Un Protecteur Pour Summer

Un Protecteur Pour Cheyenne

Un Protecteur Pour Jessyka

Un Protecteur Pour Julie

Un Protecteur Pour Melody

Un Protecteur pour l'avenir

Un Protecteur Pour Les Enfants de Alabama

Un Protecteur Pour Kiera

Un Protecteur Pour Dakota

Forces Très Spéciales : L'Héritage

Un Sanctuaire pour Caite

Un Sanctuaire pour Brenae

Un Sanctuaire pour Sidney

Un Sanctuaire pour Piper

Un Sanctuaire pour Zoey

Un Sanctuaire pour Avery

Un Sanctuaire pour Kalee

Hawaï : Soldats d'élite

Un paradis pour Élodie (Apr 2021)

Un paradis pour Lexie (Aug 2021)

Un paradis pour Kenna (Oct 2021)

Un paradis pour Monica

Un paradis pour Carly

Un paradis pour Ashlyn

Un paradis pour Jodelle

Delta Force Heroes Series

Un héros pour Rayne

Un héros pour Emily

Un héros pour Harley

Un mari pour Emily

Un héros pour Kassie

Un héros pour Bryn

Un héros pour Casey

Un héros pour Wendy

Un héros pour Mary

Un héros pour Macie

Un héros pour Sadie

Mercenaires Rebelles

Un Défenseur pour Allye

Un Défenseur pour Chloé

Un Défenseur pour Morgan

Un Défenseur pour Harlow

Un Défenseur pour Everly

Un Défenseur pour Zara

Un Défenseur pour Raven

Ace Sécurité

Au Secours de Grace

Au Secours d'Alexis

Au Secours de Bailey

Au Secours de Felicity

Au Secours de Sarah

* * *

<u>En Anglai</u>

<u>Delta Force Heroes Series</u>

Rescuing Rayne

Rescuing Emily

Rescuing Harley

Marrying Emily (novella)

Rescuing Kassie

Rescuing Bryn

Rescuing Casey

Rescuing Sadie (novella)

Rescuing Wendy

Rescuing Mary

Rescuing Macie (novella)

<u>Delta Team Two Series</u>

Shielding Gillian

Shielding Kinley

Shielding Aspen

Shielding Jayme

Shielding Riley

Shielding Devyn (May 2021)

Shielding Ember (Sep 2021)

Shielding Sierra (Jan 2022)

SEAL of Protection: Legacy Series

Securing Caite

Securing Brenae (novella)

Securing Sidney

Securing Piper

Securing Zoey

Securing Avery

Securing Kalee

Securing Jane (Feb 2021)

SEAL Team Hawaii Series

Finding Elodie (Apr 2021)

Finding Lexie (Aug 2021)

Finding Kenna (Oct 2021)

Finding Monica (TBA)

Finding Carly (TBA)

Finding Ashlyn (TBA)

Finding Jodelle (TBA)

Ace Security Series

Claiming Grace

Claiming Alexis

Claiming Bailey

Claiming Felicity

Claiming Sarah

Mountain Mercenaries Series

Defending Allye

Defending Chloe

Defending Morgan

Defending Harlow

Defending Everly

Defending Zara

Defending Raven

Silverstone Series

Trusting Skylar

Trusting Taylor (Mar 2021)

Trusting Molly (July 2021)

Trusting Cassidy (Dec 2021)

SEAL of Protection Series

Protecting Caroline

Protecting Alabama

Protecting Fiona

Marrying Caroline (novella)

Protecting Summer

Protecting Cheyenne

Protecting Jessyka

Protecting Julie (novella)

Protecting Melody

Protecting the Future

Protecting Kiera (novella)

Protecting Alabama's Kids (novella)

Protecting Dakota

Badge of Honor: Texas Heroes Series

Justice for Mackenzie

Justice for Mickie

Justice for Corrie

Justice for Laine (novella)

Shelter for Elizabeth

Justice for Boone

Shelter for Adeline

Shelter for Sophie

Justice for Erin

Justice for Milena

Shelter for Blythe

Justice for Hope

Shelter for Quinn

Shelter for Koren

Shelter for Penelope

À PROPOS DE L'AUTEUR

Susan Stoker est une auteure de best-sellers aux classements du New York Times, de USA Today et du Wall Street Journal. Elle a notamment écrit les séries Badge of Honor: Texas Heroes, SEAL of Protection et Delta Force Heroes. Mariée à un sous-officier de l'armée américaine à la retraite, Susan a vécu dans tous les États-Unis, du Missouri jusqu'en Californie en passant par le Colorado, et elle habite actuellement sous le vaste ciel du Tennessee. Fervente adepte des fins heureuses, Susan aime écrire des romans où les sentiments laissent place au grand amour.

http://www.StokerAces.com

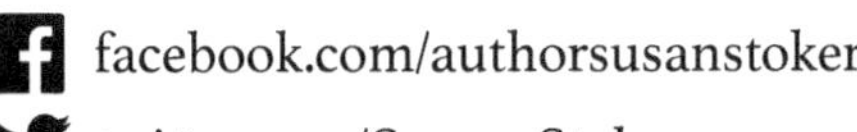

facebook.com/authorsusanstoker

twitter.com/Susan_Stoker

instagram.com/authorsusanstoker

goodreads.com/SusanStoker

www.ingramcontent.com/pod-product-compliance
Lightning Source LLC
Chambersburg PA
CBHW070540100726
47907CB00004B/1204